LA MARCA DEL DESEO

CLAUDIO MARIA DOMINGUEZ

La marca del deseo

EDICIONES TEMAS DE HOY

Diseño de cubierta: Silvina Rodríguez Pícaro
Diseño de interior: Alejandro Ulloa
Foto de tapa: Roberto Pera
Foto del autor: Carlos Acosta

© 1994, Claudio María Domínguez

Derechos exclusivos de edición en castellano
reservados para todo el mundo:
© 1994, Editorial Planeta Argentina S.A.I.C.
Independencia 1668, Buenos Aires
© 1994, Grupo Editorial Planeta

ISBN 950-730-014-7

Hecho el depósito que prevé la ley 11.723
Impreso en la Argentina

A los amores de mi vida, Marisa y mis hijos Cristian y Gabriel, por existir, iluminar mis días y acompañar con humor el fascinante proceso de la gestación de un proyecto...

A mi mamá, Bochita, por haber aceptado que yo viniera a este mundo, lo que fue para ambos una experiencia memorable...

A la presencia de mi papá, Juan Alberto, de mi extraordinaria abuela de esta vida, Celina y de mi abuelo Claudio, que anticipó en sus poemas, con claridad asombrosa, lo que el tiempo me tenía preparado. Ellos siempre están a mi lado...

A Santiago y a toda mi familia, por escucharme en horas insólitas y darme el consejo que no siempre supe comprender...

A quienes, en momentos claves de mi vida estuvieron a mi lado: Lili Hraste y familia, Margarita y Ricardo Testa, Patricia Artese, Carlos Del Ponte, Mauro Bruzzollo, Angelita de Rodríguez y José, de "La Esquina de las Flores", Alex Orbito y Stella Maris, y las almas gemelas de la Fundación Argentino-Brasileña...

A mis amigos del corazón: Julio Gutiérrez, Nelly de Duo, Marina Efron, Diego Lublinsky, Susú Pecoraro y Claudio Villarruel

A Gustavo Nielsen, cuyo libro Playa Quemada *me ayudó a creer en la joven literatura.*

> *"Es tiempo ya de pensar en esa cosa de*
> *espléndido nombre: la libertad."*
>
> EURIPIDES

Gracias por su apoyo a:

Hernán Abalo, Carlos Abeijón, Julio Acosta, Fabio Agio, Rolando Albornoz, Norma Aleandro, Selva Alemán, Emilio Alfaro, Jorge Alonso, Cristina Anderson, Emilio Ariño, Cristina Arfovich, Horacio Argüello, "Lucho" Avilés, Sandra Ballesteros, Egidio y María Teresa Belloni, María Angélica Bernal, Guillermo Blanc, Nora Briozzo, Daniel Capellano, Carlos Calvo, Jorge Carnevale, Nelson Castro, Gustavo Corino, Haydeé Crotoggini, Pablo Chacón, Lisandro De La Vega, Daniel Eselevsky, Leonardo Fabio, José Fernández Quintela, Oscar Ferrigno, "Cacho" Fontana, Karim Fortunato, Andrea Frigerio, Héctor García, Héctor Ricardo García, Ricardo García Oliveri, Laura Garavano, Antonio Gasalla, Víctor Hugo Ghitta, Delia Gil, Oscar Gómez Castañon, Julia González, Ester Gonis, Mariela Govea, María José Grillo, Mariano Grondona, Jorge Guinzburg, Mirta Guzmán, Daniel Hadad, Viviana Haye, Carlos Ibáñez, Gabriel Jacobo, Jorg Jacobson, Jorge Lafauci, Hugo Lamónica, Claudio Lariguet, Sergio La Rosa, Raúl Lecouna, Mirtha Legrand, Mirta Leturia, Horacio Levin, Carlos Llorens, Marcelo Longobadi, Alejandra López, Fernando Lopez, Juan Manuel López, Roberto Lowenstein, Olga y Aixa Lubel, Silvia Maestrutti, Luis Majul, Sergio Marcos, Mónica Martui, Adolfo Martínez, Nicolás Martínez, Héctor Maugeri, Luis Mazas, María Lidia Mejías, Julia Montessoro, Nilda Menna, Marita Otero, Blanca Oteyza, Miguel Oyarzo, Carolina Peleritti, Eduardo Pelicano, Alicia Petti, Enrique Pinti, Humberto Poidomani, Carlos Polimeni, Marcelo Polino, Fabián Polosecky, Héctor y Susana Precci, Arturo Puig, Roberto Quirno, Marta Raggio, Marcelo Ramos, Jorge Rial, Carlos Rivas, Néstor Romano, Gerardo Romano, Alejandro, Lita y Diego Romay, Silvina Rossotti, Alejandro Sáenz Valiente, Pablo Saubidet, Carlos Scialuga, Adriana Schettini, Alfredo Simón, María Socas, Gerardo Sofovich, Silvio Soldán, Máximo Soto, Moira Soto, Paula Spell, Hugo Subcoplas, Marcelo Tinelli, Ricardo Tiocrito, Diego Tonellier, Laura Ubfal, Vivian Urfeig, Alejandro Vanelli, Carlos Varela, Cristian Vives, Angel Yamazares, Gustavo Yankelevich, China Zorrilla.

PROLOGO

La serpiente enroscándose sobre las espinas tuvo un espasmo. ¿Era por las pequeñas, intrascendentes, heridas de la jeringa o por un temblor de piel, de esos que sobrevienen con la pesadilla? ¿Qué estaría soñando esa mujer?, pensó Axel. ¿Qué era lo que soñaban todas las mujeres, cuando estaban dormidas, recibiéndolo? Recibiendo sus tintas de colores. Otro pinchazo, a milímetros del anterior, apenas horadando la epidermis. ¿Sabría ella qué era soñar, en realidad? "No como yo", pensó, y detuvo un instante el punzazo para observarle la cara. La nariz, sus párpados caídos, la mudez de su boca. Acercó la aguja al pecho y la hundió en el medio de la rosa. Sobre el rojo de la tinta creció una gota de aquel otro rojo, ese que tanto detestaba desde siempre, desde todos los tiempos. El pecho de la mujer se estremeció. No era ella, sino la serpiente, bajo el movimiento de la mano de Axel, la que pedía compasión.

1

—Adelante, princesa.

Quién sabe qué había notado en ella ese hombre, tan varonil y buen mozo, vestido como un dandy, con —tal vez— diez años menos que ella. Betina sintió esa duda como un filo. La habitación debía costar un disparate. Siempre había soñado con sentarse sobre un aparador curvo de mosaico veneciano como ese, que separaba la cama del espléndido jacuzzi, y donde ahora habían dejado las toallas. El le preguntó si le gustaba, rozándole el cuello con una mano. Lo más sinceramente que pudo, ella declaró:

—Nada mal… bueno… no soy la reina de la noche. Una sola vez fui a un hotel alojamiento y con mi marido, pero era muy diferente a este.

El concluyó su movimiento y, apartando la cabeza de su cuello, le dijo, tanteándola:

—Cuando te enganchás con un tipo por primera vez, lo más seguro es venirte a un hotel.

Sin dudarlo un instante, ella agregó:

—Lo que pasa es que no me engancho habitualmente con tipos.

Betina pensó si no estaría siendo demasiado sincera con ese desconocido. No tenía por qué contarle nada, ni saber nada de él. Solamente tenía ganas de acostarse, de sentir algo. A su marido no lo había engañado nunca, y después de la separación se había permitido muy pocas situaciones de placer. Era bonita, se arreglaba bien; era sensible, en eso no tenía dudas. Pero le costaba mares engancharse un tipo para vivir algo, y este que recién conocía parecía ser exactamente el hombre más seductor del mundo. La forma en que le hablaba, cómo la había tocado, como había aparecido, ese lugar al que la había llevado… Betina se sentía homenajeada por el aventurero de la entrada del cine, y daba el modelo perfecto para pasar una buena noche. Aunque en realidad no fuera perfecto, sino una imitación de la perfección; porque un hombre perfecto era para compartir más de una noche.

—¿No tenés miedo de acostarte con alguien que no conocés?

Ella dudó si seguir o no con la confesión, y al final largó:

—Cuando estábamos en la confitería, pensé que la oportunidad de que un hombre tan atractivo como vos, se fijara en mí, era bastante insólita, y decidí animarme… Pero, ojo, lo hice porque me encantó lo que me contaste.

Axel alzó las manos, como restándole importancia, para decir:

10

—En realidad me fijé en vos, porque eras la única mujer en la cola del cine que no me devolvía la mirada.

—Suelo ser bastante despistada. Pero la verdad es que te había visto bien; pero también las otras mujeres, solas o en pareja, te fichaban en forma alevosa.

Axel sonrió.

—La cola de un cine es un lugar fantástico —dijo—, para observar todo tipo de caras… y cuerpos… —y posó su mano en la entrepierna de Betina, que tembló mínimamente. En realidad fue sorprendida por ese gesto, justo en el instante en que estaba pensando sí quería estar con ese hombre, inundada de burbujas por afuera y por adentro. Oyendo su propia respiración como un silbido hondo saliéndole del pecho, lo vio preguntarle: "¿a qué querés jugar?", y sintió que se ponía colorada de vergüenza, de no saber. Ella, que era tan suficiente para todo, de pronto, ahora… La turbación la devolvió a la realidad de ese cuarto cerrado. Prefirió continuar con la sinceridad. Dijo:

—No sé. Probáme. Hice tantos años de terapia… Pero creo que todavía no me pagué el derecho a liberarme.

Después miró fijamente los ojos de ese hombre y trató de dejar fluir algún gesto de excitación que empujara sus temores.

—¿Te animás a ser una nenita que quiere aprender todo sobre el sexo? —Axel se movía en el diálogo con una seguridad casi peligrosa, o al menos así la percibió ella y se lo dijo, tartamudeando, vacilante.

—No soy peligroso. Todo lo contrario. Pero te puedo enseñar unas cuantas cosas si te dejás —contestó él, con un brillo intenso en la mirada.

Lo peor que podía hacer ella era vacilar. "Bueno", afirmó.

La mano izquierda de Axel tomó la de Betina y la posó sobre su pantalón. Ella cerró los ojos acariciándolo suavemente. El sonrió, luminoso, diciendo:

—Entonces, empecemos desde abajo.

Y la hizo bajarse en cámara lenta, al tiempo que deslizó el cierre de su bragueta. Apoyó sus manos sobre los costados de la cara de la mujer, abriendo sus labios; sostuvo su cabeza desde la nuca y, muy suavemente, con movimientos deliciosos, fue ajustando la presión en la boca, el contacto con los carrillos, su paladar, su lengua, los dientes. Por un momento ella trató de adelantarse, excitada, apretando con más fuerza, tratando de apresarlo, con el máximo de furia que contenía su boca; la cara de él siguió impasible.

—¡Epa, compañera...! Despacio...

Sus palabras eran como su mirar, sin brillo. De alguien que repitió mil veces esta escena. La cabeza de Axel se movió, exhalando un pequeño suspiro:

—¡Así! Así… Despacio… Así…

Después soltó su cara y agregó:

—Vení, saquémonos la ropa.

Betina entrecerró los ojos, los abrió; gimió, gritó; se deslizó por la cama como una serpiente recorriendo cada centímetro de sábana y del cuerpo que se apretaba contra ella; transpiró cada aullido, cada palabra, cada roce. Axel le hizo decir que todo le gustaba mucho; en cada nueva incursión la hacía rezar "me volvés loca… ¿no te das cuenta que me vuelvo loca?". Axel necesitaba ser penetrado por esas palabras, a la vez que él la clavaba entre sus piernas.

—Decíme que soy un hijo de puta y que te vuelvo loca…

—Sí… Sos un hijo… de puta… Hijo de puta… Hijo de puta… Y me volvés loca…

Entonces, Axel se quedó quieto. Empujó bien adentro con su pelvis hasta chocarla contra sus nalgas, apretándolas lo más que pudo, y mezcló su cara contra el pelo desordenado de la nuca de ella, aproximándose bien cerca de su oído. Ella se quedó esperando algo. Respiraba con agitación, turbiamente caliente. Un temblor de miedo le volvió a correr por la espalda, desde el nacimiento de su cuerpo penetrado hasta la base del cuello. Axel habló, despacio:

—Decíme vos. ¿Qué querés que te haga?

—Nada, seguí así —apuró ella.

Axel saboreaba las palabras.

—Si no me pedís, no tiene gracia.

Ella dio vuelta un poco su cabeza, tratando de mirarlo.

—¿Qué querés que te pida?

—Liberate la mente… Esta es la terapia que vos necesitás. Aprovechá y hablame como si yo fuera tu analista.

—No sé… No te entiendo… —Betina puso cara de confundida.

Axel se apoyó sobre su cintura e hizo un gesto de salirse de adentro de su cuerpo. Estaba preparado para escaparse como un animal y ella, al percatarse, trató de contenerlo agarrándolo de los brazos. El dijo:

—Si no me entendés no tiene gracia, y voy a tener que salir.

Ella chilló, asustada:

—No, por favor… No pares… Te digo lo que vos quieras… vos sos mi analista…

Su voz era la de un ruego.

—¿Cómo se llama tu analista?

—Javier… Se llama Javier…

Axel volvió a recostarse contra su cuerpo, retomando el movimiento, para decir:

—Muy bien, llamame Javier.

Betina largó un soplido y volvió a apoyarse contra el costado de la cama, arrodillada, permitiendo una mejor apertura, tensando los muslos y afirmándose en sus rodillas. Como una nena aplicada, en una franca recuperación de su placer, expresó:

—Claro, Javier.

Axel continuó el juego:

—¿Estás satisfecha, Betina, con la sesión?

Ella, acusando:

—Sí, Javier, sí. Me voy a hacer adicta a esta terapia.

—Cuanto más me pidas, más te voy a dar.

—Seguí así… Fuerte… Más… Dame más.

—Pero Betina, está por acabar el tiempo de la sesión… Vamos a tener que seguir en otro momento.

Ella, desesperada:

—No, por favor, sigamos, Javier… Más, por favor… Más… No te vayas, siempre me quise acostar con vos…

Gritando, acabando:

—Ya no soy tu paciente… Ahora soy tu amante… Tu amante…

Axel miró hacia el jacuzzi, después hacia la heladerita y, al final, hacia ella. Betina oyó la pregunta con

14

los ojos entornados y la cabeza apoyada sobre la almohada.

—¿Porqué no decís nada?

Con una voz apenas audible, desganada y lenta, alcanzó a responder:

—No me quedan fuerzas para nada… Además, me da vergüenza todo lo que me hiciste decir…

—¿Yo te lo hice decir? Vos sos una chica grande.

—Sí, ya sé, pero vos me llevaste a que yo dijera todo eso…

Betina se tapó la cara con el brazo.

—Además, lo que más vergüenza me da es que nunca, pero nunca en mi vida gocé tanto.

Axel incorporó su cuerpo hasta sentarse sobre el colchón.

—¡Qué bien, eso es lo único que importa! —dijo.

—Aunque a vos no te haya pasado nada… —completó ella.

El se quedó callado, como si lo hubieran descubierto en algo malo. Betina retiró con su mano derecha el preservativo del miembro todavía hinchado de Axel. Lo alzó hacia la luz, examinándolo. No había rastro de semen.

—Ya me parecía… Vos no terminaste.

Rápidamente recompuesto, él agregó:

—No te preocupes, estuvo fantástico.

—¿Y entonces por qué no terminaste?

—Yo me reservo para después.

—¿Cómo después? Yo no aguanto otro round.

—¡Qué floja!

—¡Floja no! con un encuentro de estos por semana, te aseguro que se me van las contracturas, el malhumor, y quizá… hasta deje de ir al analista.

15

—Voy a tener que darle unos consejos a ese Javier.

—Pobre… dejálo… Vos hiciste más por mí en estas horas que el analista en años. Me interesa que vos también termines…

—Ya voy a acabar de otro modo.

—¿Fallé en algo? —dijo Betina, con evidente culpa.

—No… Pero lo que quiero es tomar una copa.

Con agilidad saltó de la cama, llegó hasta la heladerita y sacó una botella de champagne y dos copas apoyadas sobre una repisa. Desinhibidamente extrajo un sobrecito del bolsillo interior de su saco, colgado sobre una silla. Lo abrió con los dientes; adentro había una tableta anaranjada. Ella preguntó qué era. El contestó:

—Vitamina E. Después de un intenso acto de pasión, necesito un buen reconstituyente.

—Me parece que no necesitás nada.

El la miró y volvió a las copas, sin decir palabra. Volcó la píldora en la de Betina, tapando las acciones con el cuerpo. Se llevó la mano vacía a la boca, inclinando la cabeza como si tomara algo, y se acercó hasta la cama.

—Para satisfacer a una mujer como vos hay que estar en forma —dijo—. ¡Salud!

Las copas chocaron. Las cabezas se alzaron hasta que el líquido se fue por las gargantas. Betina sonrió. El se paró y le dijo:

—Ya vengo. Descansá un rato.

Ella cerró los ojos.

Delante del espejo del baño, observándose detenidamente, Axel contó hasta diez. Marcó la cuenta con los dedos. Al llegar al final, preguntó:

—¿Betina?

16

Hizo una pausa y volvió a preguntar. Salió del baño como si entrara al escenario del teatro de una obra repetida hasta el cansancio. Rutinariamente, contemplando el cuerpo dormido por el somnífero, le recomendó:

—Las nenitas no tienen que tomar nada que les den las personas desconocidas, ¿no sabías? Bueno. Vos ya tuviste tu fiesta. Ahora yo voy a tener la mía.

Del interior de su saco, Axel extrajo la bolsa con las jeringas, el alcohol, las agujas, las tintas, unas gasas, una libretita roja y una birome.

"La recomendación, a lo mejor te sirve para la próxima vez", pensó, anotando en la libreta: BETINA - BUENOS AIRES, JUNIO 1994.

"Axel mira TV, sentado muy cerca del receptor. Su cara se pone blanca, verde, azul, magenta. Axel brillando. 'I'm singing in the rain', canta, moviendo sus manos al compás de la música. Ya está bañado, peinado, perfumado y con el piyama puesto, como un buen chico. En la pantalla, Gene Kelly también canta. Esa luz le dispara la cabeza. Sus ojos, enormes, se devoran el movimiento hasta derramarse en lágrimas sobre sus mejillas. Cada lágrima es una nueva pantalla esférica y radiante.

"Pasan las horas. El programa no importa; Axel cierra los ojos y los puños. Una mujer viene desde la oscuridad; tiene el torso desnudo y el tatuaje de un dragón en un seno. Ella dice su nombre. El se incorpora en la cama sudando y gritándole al aire. La TV emite un zumbido sordo. La transmisión ha terminado."

Haciendo como que venía del club, bordeó el descampado. Con sus 30 años de apariencia humilde podría pasar desapercibida en mejores sitios, pero en ese club y en ese barrio, sin duda tendría sus festejantes. Tacos altos, cartera al hombro. Cristina, viendo hacia la oscuridad de los costados, trastabilló en el piso de tierra, intentando apurar el paso. ¿Alguien la estaba siguiendo? dio vuelta la cabeza. Una sombra, le pareció. Un ruido. Ahora sí. Ya llega la avenida, la luz. Otra vez a volver a girar la cabeza, aunque la persecución se terminara de golpe, con el hombre que apareció y le soltó una trompada sobre la cara, sobre su carita de mujer viniendo del baile, pero no llamativa, sino casi insulsa. El puñetazo le torció la cabeza en el aire, hasta hacerla chocar en tierra. La misma tierra que no la dejaba caminar con los tacos y ahora recibe no sólo su peso sino también el peso de él, encimado y gritando:

—Si te quedás callada y no te movés, te la voy a meter despacio, sin que te duela.

El hombre le tapó la boca con un trapo, "para que muerdas", dijo, y agregó:

—Pero si chistás te muelo a palos, te cojo y después te mato.

Cristina hizo que sí con la cabeza. El violador también hizo que sí, sonriendo sádicamente, hasta que el caño de un revólver le detuvo el movimiento y la sonrisa.

—A vos te van a moler a palos y a coger, pero en la cárcel —dijo el policía.

Había también otro policía, y de inmediato se acercó un patrullero. Cristina sacó el trapo de su boca y se tomó de la mandíbula, que le dolía. Iba a quedar marcada por ese salvaje que ahora se echaba al suelo, con las manos sobre la cabeza, ante la sugerencia de la nueve milímetros del otro. Rogelio la ayudó a ponerse de pie.

—¿Estás bien? —le dijo.

—Sí, salvo que este hijo de puta me haya roto un diente. —Después lo miró al otro, y les dijo:— Gracias por haber estado atentos.

—Vos estuviste muy bien.

Del patrullero se bajaron otros dos; uno le dijo al violador "puto de mierda", al tiempo que le ponían las esposas. Iban a subirlo, cuando Cristina se les acercó. Todavía se frotaba la cara, que ya se le empezaba a hinchar. Los policías sostenían al delincuente cada uno de un brazo. Entonces ella sacó su chapa de la cartera, se la puso adelante de la cara para que la viera bien y le pegó un rodillazo en los huevos. El tipo se dobló de dolor. Rogelio dijo:

—¡Mirá la nena, se calentó y todo!

La oficina era gris no porque las paredes estuvieran pintadas de gris, sino por la tierra. Cristina había pensado siempre que estaba bien, porque su trabajo era codearse con la mugre. Como podía, zafaba conversando con su amiga Yamila y tomando un café caliente. Un escribiente anotó la declaración del violador y después, pasando frente a las chicas, echó un doble silbido. El policía del mostrador dejó el teléfono para avisarle a Cristina que la llamaba el jefe.

Cristina asintió. Sin mayor entusiasmo, tomó el tubo y habló:

—Sí, jefe… Gracias, sí… Estoy bien. Al final lo agarramos, sí —hizo una pausa—. No, un solo golpe, en la pera. Ojalá la condena sea lo más dura posible. ¿Ese juzgado es bastante duro, no? Bueno, gracias. No, prefiero venir temprano mañana… Gracias. Sin mayores cambios en su desánimo, cortó. El oficial trató de sonreírle. Siempre quedaba así de molida, después de una buena calle, y ahora era peor, por el moretón. El oficial le preguntó si tenía pensado hacer algo.

—Me voy a casa —dijo ella, como soltando una obviedad—. A limpiarme toda esta mugre.

—Yo salgo en diez minutos —agregó él—. ¿No querés venir a ducharte conmigo?

—No, chau.

Y saludó con el brazo levantado a todos, llevándose la cartera, sin sonreír. Al salir golpeó la puerta. El oficial replicó, secreteando:

—El día que te gusten los hombres, avisáme.

Mario sacó sus manos del fijador y colgó la séptima ampliación de los brochecitos. La luz roja envolvía su cara, su traje y sus movimientos en una modorra visual que tornaba inocente cualquier otro de los objetos que pudieran observarse. Por ejemplo: esas imágenes, esas fotos que Mario tomó durante el día y que resumían la crueldad del engaño, de saberse al lado de una desconocida. No eran de él, sino de una clienta que las encargó; en la foto aparecía su marido con una señora cualquiera.

"Mario está subiendo una escalera; oye risas, reconoce la de su mujer y hay otra más, masculina; silencio, un crujir de colchón; oye gemidos. Se ve bajando por esa misma escalera, llorando, con los ojos rojos como la luz del cuarto."

"¿Por qué, por qué?", pregunta Mario.

"No tenés derecho. ¿Por qué no se te dio por preguntar antes?", contesta la voz femenina de las risas, la de Marta.

"¿Por qué no me preguntaste cada noche cuando volvías a la madrugada y yo te esperaba como una idiota, despierta, aunque tuviera que salir a trabajar a las siete sólo para ver si me contabas algo o te dignabas a hacerme el amor?", insiste la voz.

"¿Por qué no me preguntaste qué me pasaba por la cabeza y por el cuerpo durante dos años?"

"Así que no te hagás la víctima pura de las infidelidades de una esposa puta. Ojalá hubiera sido puta, para compensar un poco los dos años sin sexo que soporté a tu lado", concluye ella.

Mario ordena su ropa; cierra la valija. Le da en la mano un sobre con papeles, mientras dice: "Todo queda a tu nombre. Ya firmé los papeles".

"No quiero nada tuyo, cretino."

"Cretino, cretino, cretino", esta es la voz que no deja dormir a Mario."

Apagó el secador y pasó a su despacho. Estaba pálido, ojeroso. Sus cuarenta años le pesaban cada vez más cuando tenía que informarle la verdad a alguien. Sobre el escritorio había un libro de Chandler, una lámpara, un compact de Tchaikovsky y una foto de Mario y Marta abrazados, de los buenos tiempos. El resto del despacho era como el de cualquier investigador: pilas de libros, más fotos, carpetas, papeles, un equipo de

música, una computadora y una videocasetera con TV.
Mario estaba pensando en encender la TV, cuando el teléfono sonó. Levantó el tubo:

—Sí… No hay problema. A esta hora suelo estar en la oficina… Sí, hace un rato las revelé… Y, sí, son suficiente prueba… Por supuesto que están juntos… Es la misma mujer… Sí, desde que yo investigo el caso, es la única: Julia Steinbeck… Mañana al mediodía las tiene en su casa.

Sin hablar, escuchó el llanto ahogado. No sabía qué decir, en estos casos, porque no sabía qué decirse a sí mismo cuando le pasaba. Y le pasaba muchas veces. En vano, lo intentó.

—Usted sabía que esto era así. Señora, cálmese, por favor… Ya va a pasar…

Y, mirando su propia foto junto a Marta, pensó:

—Mentira. A veces no pasa nunca.

Cortó, mordiéndose el labio de rabia.

2

El grupo de invitados se paseaba por el salón de espejos, entre copetines y mozos sirviendo canapés. Había algunos bailando una especie de minué y varios señores discutiendo. Axel observó que el núcleo de unión de todos los sectores masculinos parecía ser la discusión, mientras que el de los femeninos era la risa. Una mujer muy elegante y esbelta, con un vestido de seda negra hasta los pies, que le marcaba una cintura pequeña y un busto estilizado, como surgida de un cuadro art decó, besó a cada uno de los señores sentados, y a dos mujeres de pie. Parecía recién llegada, y todos se esmeraban en saludarla. Aparentemente, era la dueña de la noche, según creyó Axel. Le gustó. La miró fijamente; al instante la quiso. Los ojos de Axel tenían el brillo y la fiereza de un tigre. La mujer lo vio; sonriendo. El comenzó a acercarse, apuntándole con sus pupilas. Ella bajó la vista.

—Vos debés ser Ruth.

Ella lo observó de arriba a abajo, intentando reconocerlo. Al final, dijo:

—Sí, soy yo, pero no te conozco.

Axel dejó que su personaje hablara:

—Soy Joaquín Peñalba, de la revista *Confort*, española. ¿No te molesta que te tutee, no?

Axel la vio sonreír complacida.

—Al contrario. Me gusta que me tutee un hombre tan buen mozo… ¿Y qué querés saber de mí?

—Algunos detalles originales de la bienal. Cosas que no les hayas contado a otros medios.

—¿Y por qué tendría que contarte a vos, que recién te conozco, cosas originales y exclusivas?

Axel respondió rápidamente, consciente del efecto felino que estaba causando en Ruth.

—Porque me lo piden de España… Porque estoy acá con vos… Porque admiro tu talento…

La gente seguía pasando, bebiendo y gritando a espaldas de Ruth. Un señor se detuvo para hablarle pero ella no lo advirtió, hasta que se fue. Los espejos en las paredes multiplicaban la fiesta al infinito.

—Bueno, esperame un rato. Una vez que despida a los invitados principales, nos fugamos a otro lado del hotel —dijo ella.

A la hora y cuarto, estaban en la habitación de ella, que le explicó que hacía tres años que vivía en el hotel, mientras servía dos copas. Se sentaron en un sillón Chesterfield, enfrentado una puerta que comunicaba con un pasillo para entrar al baño o a la pieza, según le comentó la señora. Tenía pocos gestos al hablar, y

24

muy cuidados. Axel supuso que sería una presa interesante.

—En realidad, compré este apartamento —dijo ella—. Tenés los servicios de un hotel de lujo y me conviene por las reuniones de trabajo y las sociales como la de hoy.

—Subís y bajás en minutos... —acotó Axel, fingiendo interés.

—Exacto. Y tenés que trasladarte en Buenos Aires lo menos posible; vale oro.

El movió la cabeza hacia abajo, como aprobándola. Después largó, a quemarropa:

—¿Tenés pareja?

Ruth lo miró confundida, como si no hubiera entendido bien, pero contestó:

—Desde que me separé, hace doce años, no quise convivir con un hombre nunca más. Y mirá que festejantes tengo todo el tiempo.

—No me extraña... —Y, después de un corto silencio:— Yo quisiera añadirme a la lista.

Ella se ruborizó una pizca. Simulando sorprenderse, dijo:

—A una mujer mayor, siempre la halaga un cumplido de esos...

—Te aseguro que no es un cumplido. Y no sos ninguna mujer mayor. Sos una mujer atractiva, inteligente y muy, pero muy, sensual.

El discurso de Axel iba degustando las reacciones de ella que, por mínimas que fueran, no dejaban escapar la intención. Ruth recibió sus palabras con delicadeza y minuciosidad; pensó un instante y finalmente se decidió a responderle con otra estocada:

—Muchos hombres me halagaron por mi éxito, por mi elegancia, supongo que por mi dinero; pero ninguno me dijo… sensual…

—Los ciegos no ven nada y los necios ven lo que quieren ver —remató él. Luego acercó su mano al rostro y la deslizó por el cuello y el escote. Ella cerró los ojos y él se acercó para besarla, al tiempo que ella le apartaba el rostro para negarse.

—Joaquín, no, por favor.

—Cuando una mujer dice "no, por favor", está pidiendo a gritos que le hagan el amor.

—Yo no —respondió Ruth—. Hace mucho tiempo que no hago el amor. Antes de separarme de mi marido, ya no lo hacía. Y después de separada fui un fracaso cuando lo intenté. Joaquín, no puedo triunfar en todo.

—Te pido por favor: dejame hacerte el amor. Jamás deseé tanto a una mujer en mi vida.

A ella, sus palabras le llegaron adentro, como ocupándole de antemano el vacío que llevaba en el alma. Con esfuerzo, con dolor, agregó:

—Sos un hombre terriblemente seductor; pero aunque acepte hacer el amor, creo que perdés el tiempo.

La aceptación a hacer el amor abrió el beso, la desnudez de los cuerpos, las caricias, las posiciones más intensas y un juego creciente para Axel, pero no para Ruth. Ella trataba de disculparse; pero él dijo tener todo el tiempo del mundo. Todo su tiempo estaba en eso; la primera hora, la segunda. ¿Era una apuesta de Axel, un desafío? Finalmente, Ruth comenzaba a excitarse. Axel lamió los pezones, la curva de sus senos semiaplastados; acarició las estrías que la edad había abierto sobre la piel.

—No sólo no me aburro —le dijo, enfrascado en su trabajo detallista—, sino que no voy a parar hasta que goces tanto que me digas que no aguantás más.

Ruth no le creyó, pero, inundada de ternura por ese hombre que la recibía y que lo intentaba con ella, se dejó hacer. Axel la penetró durante una hora y media más, como un metrónomo perfecto, como una máquina hermosa. De a poco, la expresión de Ruth fue variando. Ya no sólo valóraba su esfuerzo, sino que podía sentirlo adentro, empezando a quemarle. Ella abrió los ojos al máximo, contemplando la resistencia de Axel y rogándole que no parara, que ahora no, que por fin; gritando por todos los años que no gozó, sintiéndolo como un estruendo, abrazándose con desesperación primero al cuerpo y después al respaldo de la cama. "Sacá todo lo que tenías muriéndose", le dijo Axel, y ella lloró y se rió, al borde de sus fuerzas. No aguantó más y abrió la boca para respirar; "por favor, le dijo, basta". Axel se aflojó exánime sobre su cuerpo.

Ella dijo: "No sé nada de vos, pero sé que no te vas a poder escapar de mi lado".

—No te preocupes, me vas a tener siempre con vos. Grabado en tu cuerpo —respondió Axel.

La puerta de calle estaba llena de gente, pero Mario tardó en darse cuenta porque iba pensando en Marta. Esa herida que le comía la vida. Llevaba un sobre en las manos; la vereda le fue gastando las ganas de acercarse: era la dirección, pero ¿qué hacían esos vecinos amontonados, esos policías?

—¡Por favor, corransé, que ya está llegando la ambulancia! ¡Despejen la puerta, por favor!

Mario se acercó a una vecina con batón que parecía una gallina.

—¿Esta no es la casa de la señora de Ferradás? —le preguntó.

Dos vecinas más se dieron vuelta. Una tenía los ruleros a medio sacar, como si lo sucedido no le hubiera dado tiempo a nada.

—¿No vio lo que pasó? —dijo—. La pobre Rosalía no aguantó más y se pegó un tiro.

—¿Cómo? ¿La señora de Ferradás se mató?

—Y con el revólver del hijo de puta del marido —dijo la otra.

—¿Y cómo fue?

Las señoras se dispusieron a explicar.

—El enfermo sexual del marido la engañaba con cuanta yegüita encontrara; pero ahora parece ser, andaba en serio con una mujer más grande, de la edad de Rosalía…

—¿Y?

—Parece ser que Rosalía lo sospechaba, y contrató a un detective para que lo siguiera y el tipo se lo confirmó, con fotos y todo.

—¿Y ustedes, cómo saben?

—Algo dice en la carta que le dejó a la sobrina, que fue la que la encontró esta mañana. Fue anoche, dicen. A la madrugada.

Mario sintió que se descomponía. Las piernas le empezaron a temblar cuando salió corriendo, por lo que se tropezó varias veces antes de llegar a la esquina, y tuvo que detenerse para vomitar en un árbol.

Cristina tenía el lado izquierdo de la cara hinchado y con la marca negra de un moretón, a pesar de que, en su departamento, se había puesto hielo y manteca, como le había enseñado su abuela cuando era chica. Revisaba unos papeles cuando entró Rogelio, que le preguntó cómo estaba. Ella dijo: "bien, gracias".

—¿Pudiste dormir anoche?

—Sí, por qué no. No es la primera vez que agarramos a un violeta.

—Sí, pero el turro llegó a pegarte.

—La culpa es mía, que tardé en reaccionar cuando lo ví.

—¿Te duele?

—No, para nada.

Ella volvió la vista a sus papeles. Rogelio siguió ahí parado, mirando. La cara que puso Cristina era de "qué pasa", pero hinchada por la secuela de un golpe. Rogelio pronunció, tratando de encontrar las palabras:

—Cristina... yo sé que vos sos así... medio fría... medio... perdoná —se cortó—. No quería decir eso.

Ella levantó los hombros.

—¿Qué tiene? Fría es poco, al lado de todo lo que dicen de mí; ¿o no?

Dubitativo, intentando ser tierno:

—Vos tenés la culpa. Podrías ser más sociable, más comunicativa, alternar con los muchachos o con las chicas. El trabajo no es lo único.

Cristina interrumpió el discurso secamente. Con corrección, le dijo:

—Te agradezco tu preocupación. ¿Qué más necesitás?

Rogelio le mostró los papeles que llevaba en la mano.

—Mirá —dijo—, el jefe me manda estas denuncias. Dos mujeres en diez días. Las dos viven en la zona. Denuncian a un tipo que parece coincidir con la descripción.

—¿Lo denuncian por violación o golpes?

—No, eso es lo curioso. Lo denuncian por tatuarlas.

Cristina frunció el ceño, aturdida.

—¿Tatuarlas? ¿El tipo las tatuó?

—Sí. Se contradicen en el relato por separado; pero lo concreto es que las tatuó en el pecho a las dos. Un dragón, un monstruo.

—¿Un tatuaje de los que no salen?

—Sí, profesional. Por eso las minas lo denuncian.

Cristina pensó.

—Violación a la intimidad física; en este caso, no sé… tatuaje… lesiones permanentes…

—No sé. Nunca nos pasó tener una denuncia por tatuaje. Menos dos denuncias; y en pocos días.

—¿Qué quiere el jefe que haga?

—Dice que sos la más piola para interpretar estas declaraciones, y si querés citar a las minas nuevamente, por si hay algo que se guardaron.

Los dos hicieron silencio, hasta que él dijo:

—Esto no es todo. Se me ocurrió mandar una circular a las seccionales céntricas, a ver si tenían alguna denuncia similar.

—¿Y?

—Había ocho. Ocho en seis seccionales.

—¿Todas por tatuaje?

—Algunas por violación, otras por privación de la libertad; pero en todos los casos… tatuajes.

—¿El mismo dibujo?

—Sí.

—¿De cuándo son las denuncias?

—De hace dos años a esta parte.

—¿Todas mujeres?

—Sí. Pero una dice que fue secuestrada junto a un amigo y que el tipo los tatuó a los dos.

—¿El amigo no denuncia?

—No. Y no hay dirección donde encontrarlo.

—¿De qué edad son las mujeres?

—No me acuerdo exacto, pero todas grandes. O sea, no eran pibas.

—¿Cuándo conseguís todo?

—Mañana.

—Cité a dos mujeres que hicieron la denuncia aquí, para mañana.

Axel entró al sanatorio saludando con la mano levantada. Habían pasado cuatro años desde la primera vez. Desde entonces cumplía día por medio con la misma rutina, y la enfermera Nelly, siempre terminaba extendiéndole el cumplido: "usted es un gran hijo".

—¿Alguna novedad?

—No, señor. Ninguna.

Y seguir hacia adentro, por el pasillo, hasta la habitación 202. Abrirla, entrar, ver.

Axel está sentado sobre un banco de chapa gris. Sobre la cama hay una señora que recibe suero mediante una cánula. Tiene los ojos cerrados y, de los agujeros de la nariz, también le bajan dos pequeños tubos. El le toma una mano, fláccida y arrugada. Cierra los ojos y ve a esa señora pero antes, cuando era chico. Axel es un nene de

7 años. Está desnudo. Hay otra mujer, japonesa, con el torso desnudo y un tatuaje sobre el pecho. Lo aferra con sus brazos contra el cuerpo. El se quiere escapar, pero ella lo alcanza. Tiene el pelo suelto y lacio; negro. En un descuido, él le tira de un mechón, con lo que consigue soltarse y girar la cabeza y, de costado, ve como la señora sale caminando, se aleja de ahí, del lugar y del tiempo y viene a parar acá, a la soledad de la cama 202, en una clínica privada del diablo. Abre los ojos. "Vos tuviste la culpa", piensa, dice, siente. Las gotas de suero que van bajando por la cánula son pequeñas lágrimas en hilera, tropezándose unas con otras sin tristeza.

Mario entró a su oficina confundido, con la única certeza de querer romper ese sobre, de querer romper ese trabajo o de quebrarse él mismo. Estaba profundamente angustiado. ¿Se podía sentir responsable de lo que había sucedido? No, era absurdo. Presionó el Play del contestador. No, seguro que no. Los dos primeros mensajes eran de clientes, uno agradeciéndole por unas pruebas de estafa de una empresa de seguros, otro pidiéndole una cita para el seguimiento de una esposa. ¿Valía la pena probar esos engaños, o era mejor vivir ingenuamente para siempre, sin cuestionarse el amor de uno pero sin perseguirlo, sin atormentarlo con filtraciones y fotografías? El tercer llamado era de Clarisa.

Miró el reloj: eran las nueve. Como un autómata, sin mirarlas, rompió las fotos del sobre. El timbre sonó dos veces cuando las estaba tirando al cesto. Era ella, por la forma de tocar. Se acercó a la puerta.

—¿Clarisa? —preguntó.

—¡Sí, soy yo! —dijo ella.

Su sonrisa parecía emitir luz. Mario sentía que ella era lo único bueno que le había pasado en el último año, y que no tenía fuerzas ni ganas de disfrutarlo. Una chica muy bonita, de treinta años, con el pelo corto y ojos brillantes.

—No puedo creer que me llamaras tan rápido —dice, burlona.

"E ironía también brillante", pensó, y dijo:

—Me alegra que pudieras venir rápido.

Clarisa se sentó inmediatamente en su silla de detective, sacando una lupa enorme del primer cajón.

—Explicame eso de la urgencia —dijo.

Mario fue hasta la heladera juntando dos vasos —que estaban apoyados en el suelo—, y sirvió uno con vino y otro con gaseosa.

—Te llamé porque me sentía solo…

—Ah, bárbaro. Gracias por una invitación tan romántica.

Mario bebió un trago de su vaso.

—Perdoname por lo del otro día. Estaba muy tenso, no sé… pero te juro que me gustás.

—¿Y por qué no volviste por el banco?

—No sé, tenía vergüenza.

—Cómo son los hombres. Fallan en su masculinidad y tienen vergüenza hasta de vivir.

Mario supo que estaba totalmente perturbado. Se sentó en el suelo. Lo que estaba pasándole lo perseguía, pisándole los talones. Súbitamente, rompió a llorar, diciendo:

—Mi vida se está poniendo oscura… Mi trabajo es una mierda… y ni siquiera se me para…

33

Era un llanto profundo, bien de adentro. Clarisa se acercó a su cuerpo y, acurrucándose de rodillas, lo abrazó, diciéndole:

—Calmate. Ahora estás acompañado y podemos charlar de nosotros. Me gusta estar con vos. Hay algo en vos que es muy bueno. Quisiera que me dejes descubrirlo.

"Axel tiene un solo perchero para dejar su saco; una sola cerveza para tomarse, adentro de su heladera; una sola llamada para concretar detalles de un negocio de venta de terrenos, y después el vacío. Se toma la cerveza de un trago, hasta vaciar la lata. Se acuesta sobre la cama, pone el video de "La novicia rebelde" y busca hasta que encuentra a la joven Julie cantando "El sonido de la música". Iluminado por los flashes de los campos, canta abriendo y cerrando los labios sin emitir sonidos; parpadea. El teléfono comienza a sonar y él lo desconecta tirando del cable. La canción y esos niños corriendo lo tienen hipnotizado. De pronto se sienta sobre la cama, como acordándose de algo importante. Intercalando entre las palabras mudas de la canción, se acuerda de Ruth, y piensa o dice (o ambas cosas): "¡Pobrecita! Recién ahora tiene un orgasmo. Me apuré demasiado en tatuarla". Después rebobina y vuelve a relajarse.

Cristina estaba cansada. Esa noche había hecho más peso del que le convenía en la máquina de bíceps. Tenía una carga adentro que había que soltar, un odio. Hasta cuando se duchó sintió esa furia, y casi se resbala por los movimientos bruscos que hizo. Estaba cansada, pero al mismo tiempo excitada. Entró a su departamento como si diera una trompada al aire. Era una habitación sola, con una kitchinette empotrada en el muro, como adentro de un placard. También había una cama de una plaza, un par de sillas, una mesita desplegable, una TV mínima y una heladera. Por hoy (igual que ayer, igual que todas las noches), pero siempre sólo por hoy, no iba a cocinar. Sacó de la heladera pan lactal y queso, y se hizo unos sándwiches a los que le agregó lo último que quedaba de mayonesa. Abrió un agua mineral; papel y lápiz y, sobre la mesita, se puso a comer y a dibujar. La mano de Cristina trazó el lomo de un animal. Luego fue agregándole espinas, dientes, ojos saltones, fauces enormes, garras, fuego brotando por las fauces. Alas. Como cuando era chiquita y su abuela se le acercaba por la espalda para decirle: "¿Qué estás dibujando, Cristinita?".

—Un dragón.

Lo primero que vio Ruth al abrir los ojos fue al conserje y al médico, preguntándole si estaba bien. Tenía una faja para medir la presión anudada en su brazo izquierdo. Le preguntaban a los gritos, justo hoy que le dolía tanto la cabeza.

—Ya está reaccionando —dijo el médico, mientras la ayudaba a incorporarse. Ella preguntó qué pasaba. El conserje explicó:

—Señora, qué susto nos dio. No se despertaba. Golpeamos, llamamos. Tuvimos que venir con el doctor.

El médico asintió, para agregar:

—Señora, tomó un somnífero demasiado fuerte.

Ruth pensó en voz alta:

—Un somnífero… pero si yo nunca… —y de repente, iluminándose, recordó:— ¡Joaquín!

—¿Quién? —preguntó el conserje.

—Joaquín… —afirmó ella— ¿Me robaron? ¿Me sacaron cosas?

Los tres miraron alrededor. El cuarto no parecía tener señales de violencia.

—Ayúdenme a levantarme —dijo ella.

Entre los dos la incorporaron. Tambaleando se dirigió hacia los cajones de su cómoda, abriéndolos uno por uno. El mareo le daba vuelta la cabeza, sin embargo alcanzó a señalar que no le había robado nada. Lo dijo en voz alta, y el conserje le preguntó acerca de quién estaba hablando. Ella dijo: "De nadie", justo en el momento en que se veía reflejada en el espejo. Por debajo de la tirita derecha del camisón, el dragón trepaba sobre la rosa. Atinó a pasarse la mano, primero rozándolo, luego con furia, para borrarlo. La cara se le volvió una máscara de la histeria. Gritó un chillido agudo; entró al baño pasándose jabon, champú, detergente y toalla. Se acordó tarde que ellos la estaban mirando. "Siempre grabado en tu cuerpo". Los ojos se le agrandaron en la cara. Decidió guardar el secreto en un segundo de lucidez, y salió del baño con la mirada baja. El médico fue el que primero habló.

—¿Señora, quién le hizo eso?

Ella esperó unos segundos, para decir:

—Un amigo.

El médico insistió.

—Señora, usted nos oculta lo que pasó. Si no, no se hubiera desesperado cuando vio el tatuaje.

El conserje parecía de acuerdo. Ruth les preguntó:

—Díganme, ¿cómo me encuentran ahora?

El médico balbuceó:

—Bien, bien. Las pulsaciones y la presión están bien.

—¿Ven algún signo de violencia en el cuarto?

Los dos, responden: "No, señora".

Ruth los miró definitivamente y les dijo:

—No me falta nada, y lo único que lamento es haberlos preocupado tanto. Mañana van a tener un agradecimiento muy especial de mi parte. Ustedes saben que soy una mujer muy generosa —siguió—. Una propietaria ejemplar que nunca se involucra en ningún escándalo, ¿verdad?

—Por supuesto, señora.

—Bueno. Entonces apelo a la generosidad de ustedes y les pido que no comenten nada de lo que hoy pasó aquí.

Ellos asintieron, casi a duo, muy serios. Ruth se tocó el pecho, para terminar explicándoles:

—¡Ah, en cuanto a esto! Fue una pequeña locura. Un pequeño placer, digamos, que me permití.

Y se rió. Después, ni bien se fueron, discó el número del fotógrafo del cóctel y le pidió todas las fotos que hubiera de ella junto a un tipo castaño, muy buen mozo, de unos 35/40 años, y agregó que era un desconocido y que ese había sido su primera fiesta en el hotel. "En ampliaciones grandes", indicó. Cortó y rápidamente marcó el segundo número.

—Galería... Deme con seguridad, por favor... Sí, habla Ruth Juncal, con el escribano Yañez, por favor. —Pausa.— ¡Escribano! ¡Gracias! Escribano, cuando lo del robo en la Galería, usted me habló maravillas de un investigador que terminó encontrando la pista antes que la policía… Bueno, necesito hablarle urgente… Espere que anoto… —buscó un papel y bolígrafo en la mesa de luz—. Sí, dígame escribano… estoy en deuda con usted. Sí, un beso. Adiós.

—Ya están las minas que citaste para el tatuaje —dijo Rogelio.

Cristina hizo un gesto para que pasen.

—¿A cuál elijo primero?

—A la que más te guste, Rogelio.

Una señora de unos cuarenta años, seria y vestida con un tailleur de color marrón oscuro, entró al escritorio. "Tome asiento, señora", dijo Cristina.

—¡Doctora! —replicó ella—. Doctora Rodríguez Méndez. Soy Odontóloga.

Cristina revisó el legajo, asintiendo. Dijo, dirigiéndose a la señora con corrección:

—Acá tengo el relato de los hechos, y noté que, antes de ese día este hombre ya era paciente suyo.

—Sí, pero no un paciente habitual —interrumpiendo con petulancia—. Yo le había hecho la semana antes, un tratamiento de conducto.

—¿Y usted no sospechó que podía ser un individuo peligroso?

—Bueno, sí, cuando lo estaba tratando, había sentido algo extraño en él que me hizo sentir escalofríos.

—¿Extraño? ¿En qué sentido?

—No sé; la forma de mirarme, de hablarme. Cuando vino por segunda vez, me dijo que yo le había hecho doler, y que esta vez él me iba a hacer doler a mí…

La doctora continuó:

—En un momento, cuando yo le estaba colocando la

amalgama, él me mordió de golpe y yo, bueno, me que-
jé... me reí...

—¿Se quejó o se rió? Si un hombre le causa miedo y
la muerde, ¿de qué se ríe?

—De los nervios.

—Pero, entonces, doctora, el hombre estaría insi-
nuándole algo, y como usted se rió, él interpretó que
estaba de acuerdo.

—Yo no sé adonde quiere llegar usted con eso —gritando, indignada—. Yo en ningún momento acepté que
me clavara esas agujas y me hiciera esta porquería.
—La mujer se tocó el hombro.

—¿Pero, entonces, aceptó tener relaciones íntimas
con él?

La doctora tartamudeó:

—Yo, yo hice la denuncia por el tatuaje... —dijo.

—Si no hubo agresión física o abuso sexual, no se lo
puede inculpar. No existe un proceso por tatuajes...
Además, ese hombre ha sido denunciado por otros casos similares.

—¿Cómo? ¿Hubo otras denuncias, otras mujeres?
—totalmente indignada, completó:— Entonces sí
ponga que hubo agresión física. Ponga que me violó.

Cristina balanceó su cabeza, cansada.

—Señora... Doctora... Toda violencia sexual debe
ser probada. No sé si usted todavía tiene en su cuerpo
marcas de la agresión de este hombre.

—Sí. Tengo el tatuaje.

—Eso no basta.

—¡Pero lo hizo contra mi voluntad! Además se aprovechó de mí. ¡Imagínese las cosas que me podría haber
hecho con el instrumental de mi consultorio!

Cristina, terminante:

—En concreto: ¿la atacó con elementos cortantes, sí o no?

—Bueno, no…, sí… sí… —dudando.

—Piense en lo que está diciendo, porque se contradice con este testimonio. —Cristina alzó el papel de la denuncia como una bandera.

—Pero podría haberlo hecho. Si no me lo hizo, es porque yo opuse resistencia.

—Ah, no opuso resistencia…

—Bueno, hice lo que pude.

—¿Y su secretaria? ¿Y los vecinos del piso? ¿Algún testigo?

—Bueno, era el último paciente de ese día. Ya era muy tarde… Yo le dije a mi secretaria que se fuera. —continuó balbuceando.

—¿Pero cómo se atreve a quedarse sola con un hombre que le inspira miedo? —explotó Cristina.

La doctora enmudeció por un instante; luego Cristina vio cómo se fue quebrando de a poquito, con unos primeros pucheros dubitativos hasta llegar al llanto más ridículo, mientras decía:

—¿Qué más quiere? Hice lo que pude… Soy una mujer… Se aprovechó… me sedujo… me… me… —señaló su cuerpo y su hombro con énfasis— me dominó… y después me durmió y me tatuó… La doctora se ahogó en su propio llanto.

—¿Y después? —preguntó Cristina.

—Y después… se fue… después… se fue…

3

El conserje pasó distraído, delante de la mesa donde estaban sentados Ruth y Mario, casi sin mirarlos. El mozo les dejó dos cafés, sobrecitos de azúcar y sacarina y dos mínimos vasos de jugo. Mario esperó que se fuera para sacar las fotos del sobre. Eran cinco copias tamaño carta, bastante grandes como para desplegarlas a todas sobre el mantel. Fue pasándolas una detrás de la otra varias veces; dos de las fotos eran ampliaciones a mayor escala de las anteriores. En todas se veían primeros planos de Axel y caras o manos cortadas de Ruth.

—Por supuesto que llamé a la revista *Confort* en Madrid y nunca conocieron ni enviaron a ningún Joaquín Peñalba —dijo ella.

Mario no dejaba de pasar las fotos, como si mezclara un mazo de naipes enormes, de esos que usan los magos, y estuviera por realizar un truco.

—Es obvio que tampoco ese es su nombre —dijo.

—¿Cómo piensa empezar? —preguntó ella.

—La verdad es que son muy pocos los elementos que tengo. Un cóctel, usted… una relación íntima y un tatuaje…

—Pero tiene su foto.

Mario cabeceó, sintiéndose obligado a ser franco:

—Es un rostro entre millones…

Ruth tomó su brazo con desesperación.

—Por favor, encuéntrelo —dijo.

—¿Usted lo busca para vengarse? —insinuó él.

—Creo que no.

—¿Y entonces?

—No sé…

Ruth sintió el recuerdo de la mano de Axel rozándole el cuello hasta el centro de su escote.

—Tengo que volver a verlo —afirmó.

Las dos chicas caminaban por el *mall* del shopping hablando y moviendo las manos como adolescentes. Se detuvieron frente a una vidriera de ropa interior. Señalaban y se reían. Eran dos adentro de un shopping, iguales a todas. Una morocha y una rubia. Iban a pasear, no a comprar. No obstante se detuvieron en cada vidriera; en una de zapatos, una de golosinas (de la que entraron y salieron masticando) y, por último, la gran pantalla de una disquería. Detrás del vidrio había pirámides de compacts y casettes apilados, posters anunciando los nuevos lanzamientos y varios televisores con clips. La morocha comenzaba a balancearse al ritmo de Aerosmith, cuando Axel les sonrió. La rubia ya lo había visto reflejado en el vidrio, y por un momento trató de mostrárselo a su amiga. La tocó en el hombro para que lo viera; ella devolvió la sonrisa y bajó la mirada hacia el suelo, riéndose de su propio gesto. Suficiente para él. Ellas, tal vez, habrían supuesto que sus miradas se perderían en la amalgama de ruidos y movimientos de esa gran concentración de gente bonita que es un shopping. Por eso siguieron señalando hacia adentro del local, como si nada hubiera pasado, sin advertir que Axel ya estaba entre ellas. Lo miraron y se rieron, atontadas. El vio que, de cerca, parecían más grandes, quizás 18 o 20 años.

—¿Ven eso? —dijo, imitando a un yanqui hablando castellano. Sonreía todo el tiempo. Al hablarles, señaló el compact de Fama—. Cuando ustedes eran babies, yo bailaba esto música.

La rubia le preguntó de dónde era, y él contestó:

—De California.

—No parecés tan grande… —agregó la misma chica.

—Gracias, pero soy más grandei que ustedes dos juntos.

—Realmente, no parecés…

—Ustedes son tan hermosos y agradables. Quiero regalar a ustedes lo música de mis tiempo para que acuerden de mí cuando lo escuchen.

La morocha estaba diciendo "no, dejá", justo cuando él las abrazó por los hombros para inducirlas a entrar en el local. El lugar estaba lleno de bateas con las tapas de los compacts y un gran mostrador, hacia donde se dirigieron. Axel pidió, siempre en su idioma de cocoliche, "Fama" y "Fiebre de sábado por la noche". Una hizo un gesto como diciéndole a su amiga "qué potro este tipo", y la otra asintió. Al salir, él les regaló una bolsita a cada una, y dijo:

—Yo soy James.

La rubia recibió su bolsita y la abrió para ver cuál le había tocado. Dijo: "Yo soy Carla".

—Y yo, Daniela —agregó la otra.

Axel sonrió, radiante.

Ninguna de las dos había subido nunca a un BMW, por eso estaban tan felices. Daniela bajó su ventanilla desde una botonera y abrió un barcito que había detrás del asiento delantero. El bar tenía luz y algunas botellas y vasos. Como tampoco habían ido nunca a un restaurant japonés, esa noche pintaba de estrenos múltiples, pensó Daniela, y se alegró interiormente por haberse topado con un hombre tan divertido y lindo, que las tratara de una forma tan cálida. Además, estaba fascinada por el traje de él, por su coche, por la experiencia. El cocinero preparó el sushi delante de sus caras asombradas, condimentó con una porción de wasabi en el borde del plato y una variedad de guarniciones que fue seleccionando de las mesadas hirvientes. Cuando terminó de servirles, el cocinero saludó. Carla inclinó la cabeza, divertida. Comieron casi sin hablar, apenas mirándose. Axel oía sus diálogos fragmentados y con neologismos de la juventud que fingió no entender, y en el que ellas se peleaban por explicarle. Daniela pensó que la estaba pasando "súper", y Carla, siempre más desconfiada, comenzaba a creer que esa salida les costaría más cara de lo que pensaban.

Al promediar la noche fueron a una confitería junto al río. Daniela abrió la carta y eligió un trago carísimo. Carla, en cambio, pidió un jugo y él un Whisky importado, pedido en perfecto inglés.

—¡Qué momento maravilloso estoy pasando! —les dijo, con su entonación de turista extranjero, comenzando a desplegar sus armas más finas de seducción.

—Yo también —dijo Daniela—. Sos un tipo sensacional.

—Tipo… es… eh… ¿Hombre?

—Sí. Sos un hombre muy buen mozo y simpático.

El mozo trajo las copas. Por la manera de brindar y de inclinar la suya, Axel supo que Daniela estaba lista. Ahora había que preocuparse por la rubia. Levantó su copa; ella hizo apenas un leve movimiento.

—¿Y… hasta cuando te quedás?

—Viajo mañana. Ya… mañana.

—¡Qué pena!

—Sí, ¡qué pena! ¿Ahora que conocí ustedes, no?

—Sí, ¡qué joda! —se entristeció Daniela.

Entonces él las miró seriamente, saboreando su whisky, primero a una, luego a la otra. Hizo un gesto como de preguntarles algo y se detuvo automáticamente. Las chicas lo miraron intrigadas. Carla preguntó qué pasaba.

—¿Querés decirnos algo? —adivinó Daniela.

—Bueno, sí… —empezó Axel, fingiendo cierta turbación— pero después acordé, que ustedes aquí en Latinoamérica tienen mente diferente a nosotros.

Daniela se rió.

—¿Qué querés decir, que somos tontos? —dijo.

—No, por favor, sólo que en Estados Unidos tenemos mente más abierta para ciertas temas…

—¿Como qué? ¿Sexo, por ejemplo?

—Bueno, sí, sexo… relaciones, ¿tú entiendes?

Daniela puso cara de entender demasiado bien.

—¿Qué querés decir, que ustedes son más libres para el sexo? —preguntó Daniela.

—Eso. Eso. Más libres. Sí.

—¿Y qué querías decirnos que te parece tan difícil? —preguntó Carla.

Axel dijo:

—Bueno, ya que todo esto es mágico, quería pedirles que… bueno, como regalo de despedida… pasaran… bueno… la noche conmigo…

Y sonrió con seducción infinita, como un chico que le pide a sus padres un juguete. Las chicas se miraron.

—¿Con las dos?

—Sí, of course, las dos.

—Pero… —exclamó Daniela.

—¿Las dos? —acentuó Carla.

Axel las miraba callado, sonriendo. Carla dijo "No…", con más confusión que rotundidad. Entonces él interrumpió, demostrando comprensión:

—No. No. Está bien. Sí, yo entiendo que aquí las cosas son diferentes, perdoname… si te ofendí.

Daniela pasó su mirada del hombre a su amiga, que tenía cara de asustada. Le dijo "¿me acompañas un segundo al baño?", y a Axel:

—Ya volvemos.

—¿Amalia Valdez? —le preguntó Cristina.

La chica que estaba sentada frente a ella era morocha, de unos veinticinco años, con aire provinciano y un leve retraso mental. Así le pareció a Cristina, a medida que el interrogatorio avanzó. Además, era renga. La había visto venir cojeando desde la sala de espera, a través de la puerta abierta. Este detalle le llamó la atención.

—Sí. Amalia. Soy yo. Amalia.

—Cuentemé, por favor —dijo Cristina.

Amalia comenzó a hablar.

—Yo estaba muy mal por lo de mi papá, y me había pasado toda la noche llorando. Con decirle que me puse anteojos negros porque tenía los ojos a la miseria... Igual, nadie se da cuenta... Todos entran y salen, no te dicen ni gracias, ni nada...

—¿Vos sos ascensorista en el Lincoln... de 15 a 21, no? —tuteándola.

—Sí, pero esta semana todavía estoy de franco, porque estoy muy mal... Quedé mal de la cabeza.

Dijo esto y se tocó la frente, antes de seguir.

—Además, yo no hice la denuncia. La denuncia la hicieron los de seguridad del edificio, cuando me encontraron tirada, y con el bicho en el pecho.

—Dale.

—Bueno, eran las nueve menos cuarto, más o menos. Porque faltaba un ratito para terminar el turno, y yo ya estaba que me moría...

Cristina puso cara de impaciencia.

—Me llamaron del piso diecisiete, me acuerdo por el número, el diecisiete, la desgracia ¿vió? Y ahí subió él... Ni bien subió, me miró a los ojos y me dijo: ¿Amalia, qué te pasa?

—¿Y cómo supo que se llamaba Amalia?

—Porque lo tengo bordado en el bolsillo del uniforme.

—Ah.

—Pero, lo importante es que se dio cuenta... Yo me

bajé del banquito y él vio mi defecto... Igual me sonrió y entonces yo ya me entregué... Era como si nos conociéramos de antes... El me abrazó... yo lo dejé... y ya no me acuerdo más de nada...

—¿Pero, tuvo relaciones con él?

—Yo nunca había estado con un hombre.

—Esta fue la primera vez...

—Yo no hice nada malo. No me acuerdo...

—Le haremos un examen ginecológico.

—No, por favor, no. No hace falta. Yo no perdí el conocimiento todo el tiempo. Algo me acuerdo...

—Tengo que determinar en qué momento se desmayó usted. El la abrazó...

Amalia asintió con la cabeza.

—¿La besó?

—Digamos que sí...

—¿Y después?

—¿Después?

Cristina se puso totalmente seria.

—¿Usted sabe lo que es el miembro de un hombre? —preguntó.

—Sí, claro.

—Bueno, entonces, ¿él le introdujo el miembro en la vagina?

—Supongo que sí.

—¿Cómo supone? ¿Se lo puso o no se lo puso?

—Bueno, sí, porque cuando me desperté, yo ya era mujer. Yo no sé si usted me entiende, pero una se da cuenta.

—Mire, a mí no me importa si usted ya era o no era mujer. Dígame si él la forzó al acto sexual...

Amalia se quedó helada, sin saber qué contestar.

Cristina, al borde del hastío, preguntó por última vez:

—Escúcheme. Escúcheme bien. Y dígame la verdad, si no quiere que la procese por falso testimonio. ¿El la forzó al acto sexual, sí o no?

Amalia levantó su dedo índice hasta la altura del pecho y lo movió lentamente, indicando que no, ingenua. Cuando vio que Cristina se calmaba, forzó una pequeña sonrisa.

Rogelio entendía que Cristina se pudiese dormir, porque sabía que era una chica de acción, y eso de andar entrevistando rengas y bacanas... Lo cierto es que la vio cruzada sobre las carpetas y la máquina de escribir y le pareció una escena conmovedora. Cerró la puerta haciendo ruido; Cristina sacudió su cabeza, eléctrica. Ahí estaba, otra vez, al borde del trabajo.

—¿Te quedaste dormida? —le preguntó.

—No, estaba pensando.

—¿En mí?

Cristina bostezó sin atinar a taparse con la mano. El bostezo fue tan intenso que los ojos se le llenaron de lágrimas.

—En ese tipo —dijo.

—¿Cuál?

—El de los tatuajes.

—¡Ah! Viste la renga, cuando salió hace un rato de acá, nos tiró un beso desde la puerta. En cambio la otra, la odontóloga, salió echando putas, sin saludar, y con una cara de odio...

—El tipo no les hizo nada —explicó ella.

—¿Cómo? ¿No las tatuó?

—Sí, pero nada por lo que se lo pueda detener, y menos procesar.

—¿Ni siquiera las golpeó, o las forzó?

—No. Al menos, a estas dos no. Todo lo contrario, parece ser que las volvió locas, pero de placer…

—Para mañana, te cité cuatro más, incluyendo la que denuncia que fue forzada sexualmente junto a su novio, y que el tipo después los tatuó a los dos.

—¿Qué habrá detrás de todo esto?

Carla estaba preocupada, mirando desde los pies de la cama. Vio cómo Axel desvestía a su amiga, vio cómo la besaba, vio sus manos peinándole el pelo oscuro, vio cómo los pezones de Daniela se aplastaban sobre el pecho trabajado, muscular de Axel. La cama era enorme y blanca, y el cuarto azul con la pared del respaldo patinada en celeste. El cielorraso estaba cubierto de espejos, y duplicaba lo que estaba sucediéndole a su amiga. Estaba excitada; nunca había la visto desnuda y menos con un tipo; ellos desnudos y ella de pie, vestida y con la cartera en la mano. La ropa formaba un camino en el piso que llevaba hasta las sábanas. Carla comenzó a sentirse superada por la situación. Axel se soltó delicadamente del beso de Daniela y la miró.

—¿Qué estás haciendo ahí? —le dijo.

"No sé", tendría que haber contestado, "tengo miedo", "no te conozco", "soy una tonta", pero no pudo, quedándose completamente paralizada.

—Si no venís, no es lo mismo —dijo él.

A ella le salió el celo. Dirigido especialmente hacia su amiga, que ahora se trepaba por detrás de Axel y le dedicaba besitos en la espalda, dijo:

—Si así están lo más bien, sin mí…

—Pero podemos estar muchísimo mejor con ti también, así… ¿no, Daniela?

Sin parar de besarlo, le sugirió:

—Carla, no jodás y vení.

Axel se incorporó brevemente, poniendo la mano en la cintura de Carla y atrayéndola hasta la cama. Ella opuso cierta resistencia, como si estuviera a la defensiva. Los pechos de Daniela eran perfectos, con los pezones oscuros; ella misma siempre quiso una piel así y no transparente como la que él le comenzó a besar y a buscar debajo de tanta ropa. Fue desabrochándole los botones de la camisa, hasta que ella lo detuvo. Estaba desesperada por sus caricias, pero su piel era un mapa de venas y pecas, que le daba pudor exhibir al lado del cuerpo de su amiga. El la tomó por los hombros y la arrodilló sobre la cama. Lentamente, como si fuera un rito suave, le fue abriendo los labios con sus labios y le introdujo su lengua caliente tocándole la boca por adentro, en una caricia húmeda. Tomándose un buen tiempo siguió el camino de los dientes de arriba, su encía, su paladar, y buscó ocuparle la totalidad de la cavidad. La penetraba tan fuerte y, a la vez, tan sutilmente, que Carla se aferró a ese beso como si fuera su alimento, su dios, su contención. Entonces Axel supo que estaba lista.

Los cuerpos se corrieron; Axel ocupó el centro y los costados, alternativamente; las piernas de ellas se doblaron para recibirlo; las dos pugnaron una contra otra y una con otra para besarlo, agredirlo, subir, bajar, gritar, gritar todo el tiempo. Axel había bajado la luz y sujetado una gran sábana sobre los tres; desde afuera se podía ver el movimiento reconociendo partes, torsos, senos, codos punzando sobre la tela, sordos movimientos de cinturas sobre cinturas, manos yendo y viniendo, incursionadoras.

La sábana quedó hecha un nudo a los pies de la cama. Los tres cuerpos estaban desnudos. El del hombre, con los brazos y las piernas extendidas; la morocha hecha un ovillo, sonriente, con la mejilla apoyada en su pecho; la rubia más incómoda, seria, algo separada. Axel le hizo cosquillas para provocarla, diciéndole "vamos, reíte". Ella forcejeó, insinuando una sonrisa difícil. Axel sugirió un brindis.

Cuando regresó del baño con la bolsita, los dos cuerpos ya estaban totalmente quietos. Volcó el contenido de las copas en el inodoro, y volvió a mirarlas. Eran hermosas, tan jóvenes, tan frescas. Las ubicó prolijamente una al lado de la otra, con los brazos pegados a los costados y los bustos en línea. Eran encantadoras. Cargó las jeringas de anestesia y aplicó una inyección debajo de cada uno de los pezones izquierdos. El de Daniela todavía estaba duro y era un botón, más agarrable; el de Carla parecía una yema grande y temblorosa de color rosado.

—¡Ahí está! ¡Así no duele nada!

Axel ordenó, sobre la mesa de luz, los frasquitos de las tintas, que eran de muchos colores.

—¡Ven cómo pienso en todo! Para ustedes, la marca va a ser juvenil y explosiva. Así la pueden lucir con orgullo…

Y después, como si algo de lo que dijo no estuviera bien y necesitara de una respuesta, se preguntó:

—¿Si no les gusta? Bueno, entonces sirve para que aprendan una lección… Hoy en día, como están las cosas, no se pueden acostar con cualquiera…

Los dragones asomarían sus cabezas de fuego sobre el límite de los próximos corpiños, para siempre en sus vidas. Axel anotó en la libretita: CARLA Y DANIELA. BUENOS AIRES, JULIO 1994.

Mario corroboró la dirección antes de tocar el timbre. Dijo su nombre al portero eléctrico y alguien, del otro lado, le abrió la puerta que conducía a un largo pasillo sin techo. Al final del pasillo, un hombrecito gordo, como de cuarenta años y el pelo muy largo cayéndole sobre los hombros, lo recibió con su mano extendida.

—Soy Mario, el investigador. Me apuré en venir.

—Luis —dijo él.

El ambiente era pequeño, con un sillón doble, almohadones y posters de tatuajes por todos lados.

—Y pensé que lo de investigador privado era un curro de esos que anuncian las revistas. Aprenda detective en seis meses… —dijo Luis.

—Y yo pensé que tatuador era un hippie que trabajaba con patovicas o rockeros —retrucó Mario—. Te agradezco mucho que me recibieras enseguida. En la editorial donde trabaja esta amiga, me dieron tu número y me contaron que te habían hecho una nota.

—Pusieron lo que quisieron. Todo sensacionalista.

—Es que esto se presta un poco para eso.

—Mirá. Existe un mundo bastante secreto en lo que hace al tatuaje. Y ahí podés encontrar de todo. Rayados, snobs, exhibicionistas. Pero también los que hacen del

tatuaje un ritual que va más allá de lo que podemos
ver, o incluso imaginar…

Mario sacó un sobre del bolsillo de su saco. Adentro
había una foto del tatuaje sobre el pecho de Ruth. Se la
pasó a Luis sin hablar. El se sorprendió.

—¡Qué genial! Hace mucho que no veía una de éstas…

—¿Hay otras?

Luis esperó unos segundos antes de seguir, como si
lo que estaba viendo fuera un tema trascendente, que
llamara al silencio.

—Es un yakuza —pronunció.

—¿Qué cosa? —preguntó Mario, intrigado.

—Es un tatuaje del ritual yakuza. Mira, yo hace un
par de años que me dedico a esto. Antes vivía en Ibiza,
y ahí aprendí la técnica y el respeto por el tatuaje.
Cuando volví, empecé a laburar de esto y vi muchos
chantas y otros que estaban totalmente pirados. Yo soy
muy responsable en mi trabajo, y soy muy bueno ha-
ciéndolo.

Mario lo interrumpió:

—¿Luis, qué me querés decir? ¿Qué tiene que ver
con este tatuaje?

—El tipo que hizo esto es un profesional del ritual
yakuza.

—¿Qué es un yakuza?

—En oriente, yakuza son los dueños de los cuerpos
tatuados. Cumplen un ritual muy profundo, que tiene
que ver con el sexo y la muerte. Con el placer como modo de hacerse merecedor del tatuaje. Y con la conserva-
ción de la piel después de la muerte.

Mario puso cara de no entender nada. Luis siguió:

—En Europa vi tres veces tatuajes como este. Sé que hay muchos en Oriente. Hablé con una mujer que lo tenía y me clarificó el panorama. Ella aceptó que después de muerta se conservara el pedazo de piel con el tatuaje.

—¿Que lo conservara quién?

—El que lo había tatuado. Un maestro yakuza.

—¿Y entonces, por qué el tipo que yo busco, hizo esto? Estoy perdido…

Luis colocó un brazo en el hombro de Mario, para decir:

—En la Argentina, conozco un sólo hombre que puede ayudarte, al menos con datos precisos.

—¿Quién es? —preguntó Mario.

Daniela se había despertado con un mal presentimiento, y dándose vuelta para enfrentar a su amiga, le había hablado casi adentro de la boca, pronunciando como borracha:

—Carla, pero si vos no tenías esto.

Su mano refregó su pezón izquierdo y después la aferró por los hombros, moviéndola.

—¡Carla, despertate, Carla!

Trató de ponerla de pie, pero ella seguía inconsciente. La sacudió. Sus propios pechos se movieron en la sacudida, como llamándola para que viera la sorpresa. Ella también tenía un tatuaje, igualito al de Carla. Desesperada, le gritó:

—¡Carla, por favor! ¡Carla! ¿Qué te pasa que no te despertás?

El médico y la mujer policía la encontraron sentada a los pies de la cama, llorando. Ella la ayudó a vestir.

También entró una enfermera a tomarle el pulso a Carla, que seguía exánime, extendida entre las sábanas; el médico le abrió los ojos, iluminando con una linterna, y dijo:

—Está en un shock producido por reacción alérgica.

Daniela no paraba de llorar. El médico le ordenó a la enfermera:

—Mientras le doy una endovenosa, llame a la unidad por una ambulancia urgente.

Cristina hizo pasar a Daniela a su oficina. Rogelio quiso presenciar el interrogatorio, pero ella le dijo que quizás fuera más fácil si la dejaban sola. El comprendió y cerró la puerta. Ella cruzó los dedos de sus manos.

—¿Daniela? —le preguntó.

La chica alzó la cara; tenía los ojos rojos de tanto llorar.

—Yo soy la oficial Medina. Cristina.

Daniela comenzó a contarle la historia. Le habló del restaurante, le mostró el compact, le contó que habían estado tomando algo frente al río. Dijo tener 22 años.

—Te juro, era un tipo divino. Con ese tonito extranjero que lo hacía más divino todavía. Yo la convencí a Carla. Ella tenía un poco de...

—¿Miedo?

—No, miedo no. Un poco de vergüenza. A Carla le encantaba, pero no quería que fuéramos los tres a la cama.

—¿Nunca les dio ningún indicio de peligrosidad, cuando estaban los tres en el cuarto?

—No. El tipo sabía lo que quería... Encamarse... Pero, no sé... hablaba muy... hacía todo muy excitante...

—¿O sea que no las forzó?

—No.

—¿A Carla tampoco?

—No. Carla tardó más en agarrar viaje; pero después le gustó...

—¿Usaron drogas?

—No, te juro que no. Además, ya me hicieron el análisis para comprobar... vas a ver que no.

—¿Qué es lo último que recordás?

—El tipo nos propuso un brindis.

—¿Qué tomaron?

—Cerveza, y después no sé más nada, hasta que me desperté y vi a Carla... —echándose a llorar—. ¿No sabe cómo está?

—En terapia intensiva. Parece ser que las sustancias del tatuaje, mezcladas con la anestesia, más el somnífero y la cerveza le produjeron un shock alérgico grave.

—¿Y por qué a mí no?

—Pasa en un caso cada tanto. Es algo excepcional. No creo que la intención de él fuera esa. Creo que se le escapó de las manos...

—¿Carla se va a salvar?

—No sé. Realmente no sé.

Al salir, lo buscó a Rogelio, para que acompañara a Daniela. No se le ocurría bien cómo entender estos casos. Cuando él volvió de la puerta, Cristina le dijo:

—La chica no tuvo nada que ver. El tipo las sedujo y repitió la historia. Sólo que esta vez no imaginó ese final.

—¿No creés que lo hizo adrede?

—Creo que no. Es un enfermo sicópata que seduce,

sin violar; y es como que después las marca, como a piezas de una colección. No ejerce violencia, sino dominio psicológico. No. No creo que pueda ser un asesino. Aunque en este momento, con lo de la chica, quizás lo sea.

4

—Nunca corrí tanto detrás de una mujer —dijo
Axel, llegando hasta el lugar donde la mujer se detuvo para hacer elongaciones, y se pasó la mano por la
frente. La había venido corriendo durante un largo
rato, impactado por la musculatura de sus piernas.
Ella, treinta y cinco años, físico de nadadora y facciones concentradas en el entrenamiento. Vestida con
calzas y buzo. Miró a Axel, de pantalones cortos y remera y un reloj para tomar su propio tiempo de correr, como si no le interesara en lo más mínimo, para
responderle:

—Las mujeres siempre somos más rápidas que los
hombres.

Axel rió.

—¡Bueno, al menos, vos sos una de esas! —dijo.

Ella agregó, sin dejar de hacer su ejercicio, con el objeto de desubicarlo:

—Lástima que tanto esfuerzo no te valió la pena.

—¿Por qué? —preguntó Axel, intrigado.

Ella se puso de pie. Estiró los brazos y, colocando luego sus manos en su cintura, lo miró fijamente de abajo hacia arriba (como quien contempla un insecto, o un objeto sin importancia), para decir:

—Porque no me gustan los hombres.

El lago de Palermo reflejaba perfectamente el cielo claro, como si fuera un gran espejo tirado sobre el pasto. Axel decidió seguirla, cuando ella levantó la mano para irse. En dos saltos se puso a su lado.

—¿Cómo te llamás? —le preguntó.

—María Elena.

—Soy Félix —dijo él—. Todavía quiero creer que es una broma lo que me dijiste, para que deje de seguirte.

—Que no me interesen los hombres, no indica que me moleste caminar un rato a tu lado. Sos un tipo fino, educado... me corriste cinco kilómetros...

—Y te correría muchos más...

María Elena le guiñó un ojo, para agregar:

—Igual no ganarías nada.

Axel se quedó pensando, mientras trataba de seguirle el paso, cómo iba a conseguirla. Ella aceleró su andar hacia el estacionamiento.

—Sos una mujer muy atractiva —dijo él—. Tenés una personalidad increíble.

—Ser lesbiana no significa dejar de ser mujer, y menos dejar de ser atractiva.

—Aunque sea para otra mujer.

—Sí, o aunque sea para una misma.

Axel cambió de tema.

—¿Te entrenás todos los días?

—Sí, prácticamente todos los días. A esta hora, o muy tarde.

—Yo casi nunca vengo a esta hora, pero estuve trabajando hasta tarde y le pegué derecho, sin dormir…

—Sos un yuppie responsable y prolijito…

—Para nada. Soy empresario. ¿Vos a qué te dedicás?

—Soy productora de televisión.

—¡Mnnnn! Lo que verás en un canal…

—Te aseguro que todo… y mucho más.

María Elena se apoyó sobre el techo de su auto, antes de abrirlo, y le dijo:

—Félix, sería una mentirosa si no te dijera que me causó mucho gusto conocerte.

—Y a mí mucho más que eso: gusto, excitación, curiosidad… ¿Cuántas veces más voy a tener que correr para verte?

—¿No aflojás fácil, eh?

—Tuve muy pocas relaciones en mi vida… entonces, cuando encuentro una mujer que me interesa, no quiero perderla sin haberlo intentado al máximo.

Los ojos de los dos se cruzaron en una mirada apasionada. Axel se rió.

—¿Qué? ¿Me ves con más cariño?

—Las veces que lo intenté con un hombre fueron… digamos… engorrosas.

—No lo habrás intentado con el hombre adecuado.

—Sí, seguro. Vos sos el hombre que me hará olvidar mis preferencias sexuales y me convertirá en una mujer hecha y derecha…

—Quizás no… Pero soy un hombre sensible, que comprende… que quiere estar con vos y que está dispuesto a darte lo mejor de sí.

—¿Y estarías dispuesto a experimentar algo diferente?

—¿Sólo con vos?

—Por supuesto.

Se echó agua fría sobre la cara para lavar la mugre, para borrar esas palabras de la chica posadas sobre sus mejillas, nariz, ojos, sobre la frente, en el pelo. Ensuciándola. El espejo del baño le devolvió una cara de Cristina preocupada, repitiendo mentalmente parte del diálogo de Daniela ("lo más terrible fue ver cómo se llevaban a Carla en una camilla; me quedé llorando mientras los policías me tenían agarrada"). La hizo acordarse de un episodio de su niñez:

—¿Abuela? —dijo.

Había dos enfermeros, un médico, una camilla con un cuerpo tapado. Ella tenía cinco años. Dos mujeres policías la sostuvieron de los brazos.

—¿Adónde se llevan a mi abuelita?

Al salir del baño se dirigió hasta donde estaban los demás, mirando TV en el despacho del jefe. El cronista estaba diciendo:

—Los médicos todavía no hablaron con la prensa, pero se cree que la chica está en estado alarmante. En la edición de la tarde seguiremos brindando precisiones sobre este caso, el primero que se conoce en los anales policiales, sobre un maníaco asesino que somete y tatúa a sus víctimas.

—¡Pero qué gusano! —se enojó Cristina—. Pasó toda la información desvirtuada.

Rogelio dijo:

—Además esto nos jode, porque si el tipo se entera, va a estar preparado.

—Quizás en este mismo momento ya lo está viendo... ¡Averiguá cómo sigue la chica en el hospital!

El jefe la detuvo antes de salir. "Vas a tener que hacer un informe, sin datos, para aclarar el tema en la tele. No sea cosa que nos anden jodiendo la investigación".

—¿Y por qué yo?

—Porque sos la más linda; la más inteligente —bromeó el jefe.

—¿A qué hora quiere que se lo entregue?

La casa de María Elena estaba repleta de televisores y plantas. Su cuarto, color salmón, tenía una cama gigante y circular, que se inclinaba automáticamente mediante un pulsador.

—¿Esto también? —preguntó Axel, desde la puerta entornada del vestidor, haciendo asomar un portaligas.

—Sí, ya que aceptaste, hay que hacerlo bien.

—Mirá que me estoy enamorando.

—¿De mí? —preguntó ella.

—No, de mí —le respondió.

—En cambio, yo me estoy excitando.

—Y eso que todavía no te toqué.

Axel abrió la puerta. María Elena se le acercó, blandiendo un lápiz de labios en la mano. Desde abajo hacia arriba, él tenía calzados unos zapatos de taco alto, portaligas negras, bombacha y corpiño bordó con encajes, una blusa de seda gris y un pañuelo atado en la cabeza. Ella le aproximó el rouge. Con cada pasada se frotaba las piernas, visiblemente excitada. "Va a ser fácil", pensó Axel. Ella tomó sombra y delineador del tocador, y él le puso una mano en la cadera. Mientras le pintaba los ojos, hizo un mohín con los labios y los apretó, uno contra el otro, para que la pintura se emparejara, saboreando el gusto a frutillas del cosmético. Ella le pulverizó dos pulsadas de su perfume favorito y se acercó al costado de la cara de Axel para susurrarle:

—Ahora sí, estás hecha una mujer perfecta.

Acto seguido, lo tendió boca arriba sobre la cama. Axel la dejaba hacer con libertad. Ella se montó sobre su "gran clítoris" y pronunció:

—Ahora, mi tierna doncella, la señora de casa va a jugar con usted.

A lo que él contestó:

—Mire, señora, que esta mucama aprende muy rápido.

En la cola del banco había poca gente. Clarisa se alegró al ver a Mario llegar a la ventanilla, y dijo, explosiva:

—Me viniste a buscar; esto va pareciendo un romance.

—Quería hablar con alguien y pasé a verte.

—Siempre tan galante y pensando en mí.

—Perdoname, no quise decir eso.

—Nunca querés, pero las mandás a guardar.

—Estuve con un tatuador profesional y me contó cosas muy jodidas.

—¿Como qué?

—Actos rituales. Pedazos de piel tatuados que se conservan durante siglos.

—¿Pero, es real?

—Según él, sí. Me dio el dato de otro hombre que es experto en el tipo de tatuajes que yo busco… Además, este fin de semana empieza una exposición de tatuajes sobre cuerpos, y me gustaría que vinieras conmigo…

—Claro que sí, pero con una condición.

—¿Cuál?

—Que no esperes hasta el sábado para que nos veamos.

—¿Y cuándo querés, entonces?

—No sé, esta noche.

—Bueno.

El papel estaba en su bolsillo, con el nombre del japonés y el teléfono, garabateados en la letra de Luis. En la entrada del Banco había un teléfono público. El japonés se llamaba Cao, lo vio cuando desplegó la hoja. Puso fichas, marcó. Cao atendió. Le explicó su problema; el tatuador puso mil reparos, hasta que oyó el nombre yakuza. Mario describió ese tatuaje. La voz del otro lado carraspeó. Le pidió que anotara una dirección, y que podía ir cuando quisiera.

—Salgo para allá —dijo Mario.

La dirección quedaba a siete cuadras de allí. Comenzó a caminar.

"Axel duerme, como un buen chico. En el mundo real está en su departamento de hombre, en el sueño es una ducha. ¿Se está bañando, el nene? Sí. Aunque grite NO QUIERO. ¿No quiere bañarse, el nene? No importan el agua, el jabón, la esponja. Importa la japonesa con el tatuaje en su pecho. Importa porque está vestida, porque se mete a la ducha con él, porque lo agarra aunque él llore, aunque llame a su mami. "

Axel abrió los ojos. "No quiero, no quiero, no quiero", era lo que estaba diciendo. "Andate". Con el control en la mano, encendió la TV. Necesitaba ver un video de canciones, con chicos felices. De esas cosas alegres y yanquis. Estaba buscando uno cuando la voz de esa mujer le paralizó las acciones. En la pantalla, una tal CRISTINA MEDINA-BRIGADA DE MORALIDAD, estaba hablando de él. Levantó el volumen.

—Es absolutamente prematuro hablar del asesino del tatuaje. Eso contribuirá a una sicosis que quizás no tenga ningún fundamento.

El periodista aclaró:

—Pero hay una joven en estado de coma.

Axel abrió la boca al máximo.

—Sí —dijo Cristina—. Pero reitero. No hay señales de violencia y el testimonio de la otra joven lo corrobora. Se ha comprobado que se trata de una reacción de shock causada por algo que había ingerido la joven y las sustancias del tatuaje al entrar en contacto con la sangre…

Axel no lo pudo creer. El periodista insistió:

—Tenemos entendido que ustedes sabían de la existencia de este maniático…

—Había otras denuncias…

—¿En qué estado se encuentran las investigaciones?

—En los testimonios de las denunciantes. Nunca fue posible comprobar evidencias de violencia física o sexual. Sólo hay un tema común que es el tatuaje.

—¿Qué clase de tatuaje?

—Información reservada.

—¿Sus víctimas son siempre mujeres?

—Eso también es reservado. No se puede hablar de denunciantes al no haber elemento de detención.

—¿Se puede procesar a un hombre por tatuaje?

—Sólo si se comprueban irregularidades delictivas, como privación de libertad previa o durante el acto, o intenciones vejatorias.

—¿No es el tatuaje de por sí una vejación?

—No, si la persona tatuada prestó su conformidad... y en las denuncias, las contradicciones de las presuntas víctimas son constantes. En su gran mayoría no pueden ser tomadas como elementos de peso.

—¿Oficial, cuál es su opinión personal? ¿Estamos ante un sátiro?

—No estoy autorizada para emitir públicamente mi opinión personal.

—Muchas gracias. —Terminó el periodista y, hacia la cámara, agregó:— De un tema tan alarmante, pasamos a una buena noticia para los amantes de la ecología...

Axel apagó la TV. Cristina Medina. Ese nombre y esa cara se le habían grabado en su cabeza. Ya no quería oir ninguna otra canción. La quería a ella.

5

La línea estaba ocupada; ella golpeó el teléfono. Comunicarse con el canal era un milagro. "¿Por qué mierda me tuvo que pasar esto?", pensó, mordiéndose los labios. Su reloj marcaba las 12:30. Se apretó el pezón izquierdo, el del dibujo del dragón, hasta hacerse doler, como marcándose la culpa. Volvió a discar, pero otro número. El teléfono sonó dos veces.

—Con la producción de "Ciudad 94", rápido.

—La línea está ocupada, aguarde por favor.

—Ya sé que está ocupada. Habla María Elena Cairo. Estoy en una urgencia y no puedo esperar. ¿Cómo quién soy? La Productora General del programa…

La chica le pasó. Esperó unos segundos, hasta que alguien atendiera:

—Producción…

—¿Quién habla? ¿Agustín?

—¿María Elena?

—Sí, yo.

—¿Qué te pasó? Estábamos preocupados, te llamamos diez veces al movicom y a tu casa. ¿Dónde estás?

—Acá. Después te explico. ¿Cómo fueron arreglándose con todo?

—Bien. Con el material que teníamos. Lo que pediste ayer está todo hecho. Lo que pasa es que te esperábamos para ver cómo tocábamos la noticia policial de hoy, que da para todo.

—¿Qué noticia?

—¿Cómo? ¿María Elena, estuviste durmiendo todo el día?

—No estoy para bromas. Decime qué noticia.

—La del tipo que tatúa minas y a una la dejó en estado de coma.

Ella se soltó el pezón.

—¿Cómo, las tatúa y las mata?

—No. Parece que no. Las seduce y las tatúa. Pero hubo un error en alguna droga que le enchufó a una piba, que está moribunda.

—¿Eso se dijo hoy por el noticiero?

—Claro. Lo hicimos lo más grande que pudimos, hablando de un maniático salido de "El silencio de los inocentes". Hasta la policía tuvo que salir a desmentirlo. Entonces queremos saber qué pensás. Si le damos bola igual y hacemos un escándalo, o si lo desestimamos y lo comentamos como un caso más en el programa de esta noche.

María Elena masticó su furia, ordenando:

—Quiero que convirtamos a este tipo en el enemigo público número uno.

—¿Te parece que da para tanto?

—Sí. Pedí comunicación en vivo con jefes policiales. Mandá el móvil al hospital donde está la chica; conseguí detalles de todo y fabricá e inventá otros. Bien grueso. Quiero hacer de este... hijo de puta... el caso del momento. En un rato estoy allá.

"El chico corre desnudo por la casa, y la japonesa lo sigue. Pasan puertas, derriban sillas; suben una escalera de a dos en dos. Los pechos de ella rebotan en la subida; el tatuaje parece cobrar vida. Larga una carcajada, se estira y lo agarra de un pie. Axel grita, pateando se zafa y llega al rellano. La baranda marca un balcón a dos pisos de altura. Ella llega corriendo, lo aferra de un hombro y lo hace caer sobre sus propias partorrillas. Axel le muerde el pie derecho, gira sobre su espalda apoyada en el suelo y le pega con los dos talones un gran golpe en el pubis, por el cual la japonesa pierde el equilibrio y cae, haciendo estallar la baranda. Axel se sienta. No la oye gritar; solamente el golpe seco. Baja los escalones despacio. Uno y dos pisos. El cuerpo está aplastado contra el suelo. La sangre le brota de la boca como una canilla. Axel mancha su dedo índice de rojo. El tatuaje tiene una serpiente alada trepándose a una vara de espinas. El apoya su dedo pincel sobre la punta de la vara, y dibuja un espiral muy simple. Cuando retira el dedo, se calma. Ahora es una flor. Una rosa. "

Mario llegó a la casa bastante acalorado, maldiciendo por no haberse tomado un taxi. Era una fachada vieja, italiana, de las muchas que hay en el barrio. Cao en

70

persona atendió la puerta. Mario vio a un oriental mayor, sereno, vestido con un cardigan y pantalones de frisa. Al estrecharle la mano, le dijo "gracias por recibirme". El viejo asintió con severidad, y lo hizo pasar a un jardín de invierno donde había unos sillones de caña. El sol pasaba por entre los vidrios como en tajadas, entibiando las plantas y el aire. Mario se quitó el saco.

—Tome asiento, por favor.

—Sí —contestó, para seguidamente preguntar—: ¿Ya no se dedica más a los tatuajes?

Cao se acomodó.

—Uno nunca puede dejar los tatuajes… —dijo.

—¿Usted es maestro yakuza?

—No. Pero los conocí muy de cerca.

Mario le enseño la foto del tatuaje. El viejo opinó que era un buen trabajo, pero no perfecto. Una japonesa adolescente con un grano enorme en la mejilla les trajo una bandeja con dos tazas de té de jazmín. Mario tomó la taza entre sus manos, y preguntó:

—¿Usted a quién le hizo ese tatuaje? ¿Cuándo lo hizo?

—A mucha gente. La rosa y la serpiente. Es la parte oscura y sublime que todos llevamos dentro. Una fantasía eterna sobre el animal que tenemos en nuestro interior.

Sorbió un traguito de su taza y continuó:

—A veces largamos fuego, como el monstruo. Otras veces, soltamos perfume, como la flor.

—¿Usted le hizo ese tatuaje a muchas personas, aquí?

—¡No, aquí no! ¡En mi tierra, señor! ¡En Kyoto! Hay que merecer este tatuaje. Hace años, en Japón, llevaba

71

anotadas todas las personas ilustres a quienes tatuaba con la imagen de "Shinbalsuki", la rosa y la serpiente.

—¿Y aquí, en la Argentina?

El rostro de Cao ensombreció. Con gravedad, dijo:

—Aquí, una sola vez. Fue un gran error de mi vida, que después no volví a repetir.

—¿A quién se lo tatuó?

—A una mujer que sólo estaba preparada para vivir la parte oscura y sórdida de la imagen… y así murió…

Hizo un silencio.

—¿Y cómo llega esto hoy? ¿Quién lo hizo? ¿Por qué? —preguntó Mario.

—Hay una sola posibilidad… —caviló el viejo—, pero es demasiado terrible…

Hacía rato que estaba ausente, esperando la hora, con el tapado puesto. El perchero vacío parecía el esqueleto de un animal. Descolgó su cartera. Las ocho menos diez. ¿Qué tenía que hacer tan importante? Nada; mirar dibujos animados; bañarse; hacer algo de gimnasia; dormir. Ya se estaba pudriendo de todo. Corrió la silla. Desde el pasillo, Rogelio le avisó que tenía una llamada, adelante, y que no se podía pasar porque era el directo.

—¿Quién es? —preguntó ella, desganada.

—No quiso dar su nombre… Pero dijo que era un amigo íntimo.

—¿Qué?

—Vos sabrás qué amigos íntimos tenés…

Cristina fue hasta la recepción y recibió el tubo del oficial de entrada.

—¿Quién habla? —dijo.

Una voz masculina preguntó:

—¿Cristina Medina?

—Sí, hable.

—Yo soy la persona que todos están buscando.

Cristina abrió los ojos. Rogelio y el oficial se quedaron contemplándola, tratando de adivinar quién le hablaba. Ella dijo, intentando suavizar el tono.

—¿Quién? El hombre que…

—Sí. El hombre del que hablaste hoy por televisión.

—¿Y por qué me llama?

—Porque quiero agradecerte tu objetividad y el respeto con que hablaste de mí…

Tragó saliva.

—Lo escucho, señor, siga…

Axel declaró:

—Todo lo que dijeron es falso. Están equivocados. Yo no soy un asesino. En cambio, vos no les creíste y, sin conocerme, dijiste la verdad. Quiero que sepas todo de mí… y quiero saberlo todo de vos… ¿Te sorprendí llamándote, ¿no?

—Sí.

—Cuando te vi por televisión, supe inmediatamente que teníamos que conocernos. ¿Qué te parece?

Rogelio estaba pendiente del diálogo, haciendo como que ordenaba papeles y diskettes. Cristina se dio cuenta, negó con la cabeza para disimular y contestó, intentando dominarse:

—Mire, no estoy en mi oficina… ¿Por qué no me deja su teléfono?

—No, todavía no. Cuando nos veamos, todo va a ser diferente. Mientras tanto, yo te llamo.

—Sí, pero no aquí. Anote este otro: 84-1069, así lo pasan a mi oficina.

—¿Sabés como sigue la chica internada?

—No tengo novedad. Llámeme mañana.

—Dalo por hecho.

—¿Cuál es su nombre?

—En su momento te lo voy a decir… ¿Sabés que sos increíblemente inteligente? Para mí la inteligencia en una mujer es algo terriblemente sensual…

Rogelio la estaba observando fijamente, cuando cortó. "¿Quién era?", le preguntó, y ella alzó los hombros, restándole importancia.

—Nadie, el nuevo administrador del edificio.

—¿Y por qué dijo que era un amigo íntimo?

—¡Ah!, fue una broma de un amigo mío, que estaba en la administración y le dio este teléfono.

—¿Y qué quería?

—Mi autorización para un detalle… ¿Rogelio, qué te importa?

La pistola reglamentaria, el tapado, el cinturón, los zapatos y la botella vacía de agua mineral; todo había quedado sobre la silla. Encendió la pantalla, busco el canal de dibujos con el control remoto, tirada en la cama. Como siempre, Tom corría sin parar a Jerry por toda la casa. ¿Nunca se cansan de lo que hacen? "Es la de ellos, pensó Cristina, pero se deberían cansar. Aunque estuvieran dibujados." Marcó un número en el teléfono.

—Hola, habla la oficial Medina, que hoy fue vocera policial en el caso de Carla Giunti. Que está en terapia intensiva, sí, la chica del tatuaje. Necesito saber si hubo alguna novedad… Sí, espero…

"Quiero que sepas todo de mí, y quiero saber todo de vos…" ¿Qué significaban esas palabras? El mundo de ella era fácil de comprender, pequeño y violento, muy simple. Y parecía que nunca iba a cambiar.

—Sí, escucho… ¡Qué bien! ¡Qué bien!… Mañana vuelvo a llamar desde la seccional, gracias. Buenas noches.

Adentro del baño, Cristina encendió la ducha. Se desnudó con torpeza, pensando en ese loco. ¿Para qué la había llamado? ¿Para qué quería conocerla? El agua caliente le cubrió el cuerpo. Hoy no había pasado por el gimnasio. Se tocó los brazos, tenía unos bíceps hermosos para ser mujer, mejores aún que los de su amiga Yamila. Los pechos tampoco estaban nada mal. Le faltaban volumen, pero eran bien compactos; les pasó jabón y vio cómo la espuma nadaba y giraba en el agua caliente. Cristina cerró los ojos y bajó la mano hasta la pelvis. "Sos increíblemente inteligente…" Una caricia con el canto del jabón. Los pezones se le irguieron. "La inteligencia en una mujer es terriblemente sensual…" Apoyó su espalda contra la pared. El agua la envolvía como una seda tibia. Soltó el jabón, mientras la voz de ese hombre sin rostro seguía envolviéndola sin piedad.

¿Sabía exactamente cuánta ropa tenía? No, pero seguía comprando, como una compulsión, trajes y camisas de calidad, corbatas de 300 dólares, gemelos de oro, conjuntos sport, camperas de cuero. Todo lo que le gustaba. Axel pasó una mano por la fila interminable de sacos. Eligió un ambo tostado, con zapatos de gamuza y una camisa celeste muy clara, francesa. Dejó todo sobre la cama, abrió la ducha y puso el compact de Blondie cantando "Call me", en *Gigoló Americano*. Cantó a los alaridos, mientras se bañaba. Después se vistió y salió corriendo hacia el sanatorio.

—¡El mejor hijo del mundo! —exclamó Nelly, al verlo, y él la saludó levantando la mano. La 202 lo esperaba sin novedad. Entró y se sentó en el banco de chapa. La cabeza de su madre estaba hundida en la almohada, y la habían perfumado. El olor a colonia le pareció fuera de lugar; era como traerle flores. A Axel todo eso le sonaba muy a despedida, y él odiaba las despedidas. Ahí adentro estaban prohibidas las flores y ahora también tendría que ocuparse del olor a perfume, aunque Nelly insistiera. Acercándose a la cabecera de la cama, dijo:

—Hoy dejé a una chica en un estado parecido al tuyo.

El tono era sufrido, de lástima. Axel rozó con sus dedos la máscara fría de la cara de su madre. Siguió:

—Si se muere, me convierto en un asesino. Porque, quizás, ella muera, mientras vos seguís viviendo…

Se paró, con los músculos de la cara tensados. Cuando volvió a abrir la boca, estaba gritándole.

—¡Viste las cosas que hago! ¿Por qué no te diste cuenta nunca de lo que me pasaba? ¿Cuánto tiempo más vas a estar así? Me jodiste toda la vida… ¿No podés ayudarme un poco, ahora?

El auto le dobló casi encima del cuerpo, en la puerta misma de su despacho. Mario alcanzó a saltar hasta el cordón y cayó sobre las baldosas. Lo oyó desaparecer en un chirriar de ruedas contra el asfalto. Se puso una mano en el pecho. Había sido intencional, de eso estaba seguro. ¿Hacía cuántos años que no le pasaba algo así? El corazón le latía con fuerza. Dos personas lo ayudaron a pararse y a entrar. Tenía un golpe en la cadera que lo hizo doler en los primeros pasos. Se dio un baño caliente y unos masajes con crema desinflamatoria. Clarisa lo encontró en bata, recostado sobre su sillón doble. No pudo creer la historia que le contó. "¿Quién querría hacerte daño?", preguntó ella, cándida. "Quizá fue un borracho, o una equivocación...", agregó.

—Quizá... pero justo coicide con mi investigación de los tatuajes —acotó Mario.

—Todavía no puedo creer que seas investigador privado... No sé, que yo esté aquí con un detective...

—Mirá cómo quedó tu Sherlock Holmes...

—¿Y si yo llegara a ser tu Watson?

—Por ahora, sólo pretendo que seas mi amiga...

—Eso ya soy.

—Gracias —la acarició.

—Vas muy rápido, vos. En un mismo día pasaste por el Banco, me acariciás, me decís gracias... ¿qué te pasa?

Mario se cerró la bata, arrastró un poco los pies sobre la alfombra vieja de su despacho y le dijo, apartando los ojos:

—Clarisa, sigo enamorado de mi esposa...

Ella se quitó los zapatos y se arrodilló.

—¿Y ella de vos? —le preguntó.

—No sé. Cada vez nos hablamos menos. A veces me trata con tanto desprecio, que creo que...

—Seguramente te sigue queriendo... Cuando hay mucho rencor, mucho resentimiento, hay un amor muy fuerte que todavía queda...

77

—Gracias, de nuevo —dijo Mario, tiernamente, y le tomó la cara entre sus manos.

—¿Qué vas a hacer?

—Besarte. ¿O no te acordás que, ya una vez, nos besamos?

—Sí. Por eso te pregunto si estás seguro.

—No estoy seguro de nada —dijo él, y la besó. Clarisa cerró los ojos para sentirlo más. El también tenía los ojos cerrados. Le acarició el pelo corto, le abrió la camisa y, pasando las manos por su espalda, desabrochó el corpiño. Con la boca abierta le buscó los pechos. Imaginó que eran los de Marta, porque era la única forma de accionarse. Ella lo tocaba desde el pantalón, y en un momento soltó una expresión que significaba que aprobaba esto con gusto, que le daba placer sentirlo que comenzaba a excitarse. Mario pensó que no iba a durar, porque Marta jamás habría dicho nada, y porque, cuando volviera a abrir los ojos, la cara sería la de Clarisa.

Las luces de los farolitos dando sobre la gente fascinaban a Axel, que en las veredas tomadas de cualquiera de los bares de la Recoleta se sentía siempre bien, como adentro de una pileta tibia. Se llevó la copa de champagne a los labios. Un cartel gigante exhibía la publicidad de una exposición de tatuajes sobre cuerpos en movimiento, que en lo que iba de la semana había sido bastante promocionada, en la TV y en los diarios. El afiche mostraba un gordo con el cuerpo totalmente enredado en tatuajes. Axel tomó lo que quedaba en el vaso, y sacó dos billetes de su cartera, cuando advirtió que un joven lo estaba mirando, con una sonrisa clavada en los labios. Le devolvió la sonrisa; dobló el dinero debajo de su vaso vacío y lo llamó con un gesto de cabeza, al verificar que no se iba. Lo vio acercarse a la mesa. Tenía puesta una polera y un jean negro muy ajustado, y una cadena con una moneda de un sol colgando del cuello.

—Hola.

—Sentate —dijo Axel. Y agregó:— ¿Sabés por qué te llamé?

—Me lo puedo imaginar.

—No. No te lo podés imaginar. Te llamé para enseñarte algo sobre la seducción.

—¿Qué querés decir?

Desafiante:

—Que a un tipo como vos, me lo cojo cuando quiero, donde quiero y como quiero…

La cara del joven se puso seria. Axel siguió:

—Y no me costaría ningún esfuerzo… Entonces no tiene sentido… La verdadera seducción necesita dificultad. Recién ahí viene el placer.

—¿Para esto me llamaste? Vos estás loco…

—Entonces, acordate lo que te dice este loco, la próxima vez que quieras levantarte a alguien. Para que goces de verdad, te tiene que costar.

El joven salió indignado; al pasar empujó al mozo y a una señorita que, de espaldas, leía el cartel de los tatuados, tomando nota de la dirección. La mujer estaba vestida con medias y pollera negra bastante corta, tacos altos y un pulóver de hilo color natural. Sobre los hombros llevaba apoyado un tapado gris largo hasta el suelo, que el empujón casi hizo caer. Axel salió caminando hacia la plaza sin darle ninguna importancia. La mujer se acomodó el tapado y dio vuelta la cara hacia el cementerio. Era Cristina.

Mario pidió por Ruth en la Conserjería, y le avisaron que tuviera la amabilidad de esperarla en la confitería. Se sentó y pidió una soda con limón. Ella le había dejado un mensaje urgente en el contestador, y vino cuanto antes. Ruth bajó enseguida. Se sentó junto a él y pidió un jugo de frutillas.

—¿Escuchó mi mensaje? —preguntó.

—Sí, hace un rato. Estuve todo el día en la calle siguiendo este tema.

—¿Qué vamos a hacer con lo de la policía?

—No podemos evitar nada. Las investigaciones siguen su curso. Si la chica en coma llega a morir, se le va a dar una importancia mucho mayor.

—¡Dios mío! ¿Sabe cómo fue?

—Sí, estuve averiguando. Reacción alérgica en cadena. Yo también creo que fue un accidente.

—¿Y si la chica se salva?

—Entonces seguirá siendo un caso de rutina, a no ser que él cometa más errores.

—Lo que no alcanzo a entender —dijo ella— es la conexión entre los tatuajes rituales y el hombre que buscamos.

—Despacio, Ruth. Por ahora voy entendiendo solamente la psicología de este personaje...

—Mario, por favor, yo estuve con él. Sé más de su psicología que lo que le puedan explicar mil dibujos.

—No, Ruth, no es tan simple. Este hombre tiene un comportamiento patológico que, por lo poco que entiendo, se manifiesta a través del dominio sexual hacia

80

otra persona; pero en cualquier momento, si las condiciones le fueran adversas, podría explotar en un hecho de violencia.

—Un hombre así no es un asesino. Yo sé cuánto le importó que yo sintiera placer. Yo le importé, Mario.

—Por eso la durmió, la tatuó y la dejó.

—Yo no soy tonta —dijo—, y sé que lo que usted dice es verdad. Pero esa justamente es la contradicción. El buscó mi placer y no paró hasta dármelo. ¿Por qué lo hizo? Si hubiera querido, además de dormirme y tatuarme, me hubiera robado y matado. Pero no. El quiso mi placer.

El puso cara de no entenderla.

—Mario, le estoy contando mi intimidad. Usted es un hombre menor que yo, y ni siquiera somos amigos, pero le estoy contando mis sensaciones más íntimas. Este hombre se tomó horas en llevarme al placer... Tengo 56 años, y nunca antes conocí lo que me pasó en esas horas. Nada que viviera con mi marido, ni con los pocos hombres con los que estuve en los años posteriores, se parece siquiera a un instante con este hombre... Si él es un perverso, definitivamente creo que es a pesar suyo, una compulsión que lo domina y lo cambia... No sé... como una personalidad dividida.

El la siguió escuchando sin agregar un gesto.

—Yo necesito volver a ver esa parte de él, que yo sé, tiene adentro. ¿Me entiende, verdad?

—Sí —dijo Mario.

Ella, entonces, se levantó y, tendiéndole la mano, le dijo:

—¿Nos vemos, entonces, en la exposición de tatuajes?

—No creo que convenga que usted vaya. El puede
llegar a ir y, si nos ve juntos, va a atar cabos.

—Si él llegara a aparecer, su trabajo ya no sería necesario.

—Sí, claro… Pero no creo que vaya. Puede encontrarse con alguna vieja víctima…

Ruth se mostró ofendida, bromeando, y dijo:

—¿"Vieja víctima" cómo? ¿De mi edad?

El se rió.

—No, usted sabe que no pienso eso —dijo.

El humo era lo único que le molestaba. La chica que
le trajo el ron cubano era preciosa, y no le alcanzó a hablar porque Marilyn ya estaba en escena ejecutando su
prolijo playback. El resto de la gente hablaba o miraba,
saboreando otros tragos. La actriz era igual a Marilyn.
Axel se quedó asombrado. Se movía igual, tenía la misma ropa que en *La comezón del séptimo año*. Axel pensó
en esas medibachas blancas al aplaudir. El lunar, seguramente, lo tendría dibujado, y eso era algo que descu-
briría cuando estuviera besándole el cuello. Llamó a la
moza y le dio una tarjeta de periodista y un billete doblado en cuatro.

—Soy cronista de espectáculos uruguayo. De *El País*,
de Montevideo. Me interesaría hablar unos instantes
con la señorita que actuó recién…

—Enseguida le llevo su tarjeta al camarín de Norma…

"Norma… como Marilyn", pensó.

Al rato, la moza lo acompañó hasta el camarín, a través de un pasillo. Abrió una puerta y los dejó solos.

82

—Por favor, sentate. ¿Julio, no? Mientras, me voy cambiando…

—No, no, no. Por favor, quedate así. Es que quiero escribir sobre vos, y fue tan buena tu actuación, que quiero verte un poco más… así, como el personaje.

—Si con eso logro que escribas sobre mí, me lo dejo todo el tiempo.

—Fantástico. Creo que mi fascinación por tu trabajo vino justo por eso de ver que, por un momento, atrapabas el alma de Marilyn.

—Gracias, es muy lindo eso que me decís.

—Linda va a estar mi recomendación sobre tu show.

—¿No trajiste fotógrafo?

—No, porque en realidad no pensaba venir esta noche, pero me encontré justo en la cuadra y aproveché… Pero puedo mandarlo mañana.

Ella buscó en un cajón hasta encontrar una, vestida como la diva.

—Quizás te sirva… —dijo, entregándosela.

—Sí, perfecta —él la examinó entre sus manos—. ¿Así que trabajaste haciendo comedia musical afuera?

—Sí, pero en los cruceros entre islas del caribe. Show a bordo, ¿viste?

—¿Hace mucho que estás acá?

—Unos meses. Es un laburo chico, pero piola. Hasta que aparezca algo mejor.

—Las condiciones las tenés… Además, sos tan hermosa.

—Vos, más que un cronista del espectáculo, parecés un actor…

—Entonces, si los dos somos lindos, saludables y… no sé, ¿tenés pareja?

—Bueno, yo no lo llamaría pareja…

—Entonces, quisiera verte después del show.

—¿Verme?

—Sí, verte. Celebrar tu belleza. Disfrutar tu compañía.

—Mamá siempre me dijo que desconfiara de los hombres que hablan demasiado bien…

—Entonces no te digo una palabra más… Pero me expreso con el cuerpo…

Se arrimó hacia ella, que al principio ofreció alguna resistencia, pero terminó recibiéndolo dadivosa adentro de su boca. Ese beso la hacía sentir muy plena, pero igual decidió encararlo, para que no se creyera cualquier cosa.

—Vos serás un uruguayo caliente —dijo—, pero yo no soy una mina rápida.

El le buscó la mano para apoyársela sobre su pantalón. Era una mano pequeña y graciosa. "¡Cinco minutos!", gritó alguien, golpeando dos veces la puerta con el puño. Norma lo separó suavemente de su cuerpo, deslizándose hacia un costado. Una vez libre, hizo su mejor sonrisa, diciendo:

—Yo termino a las dos; ¡si querés esperáme!

Parecía una nenita en el día de su cumpleaños.

6

El escritorio de Cristina estaba lleno de cosas. Por un lado, las fotos del tatuaje de Daniela y Carla; por otro, el libro del Código Penal y otro más chico de artículos legales, abierto en el medio y subrayado con lápiz. El teléfono, que parecía ser el único objeto inamovible, sonó. Cristina fue a trabar la puerta, como en una premonición. Levantó y habló dos palabras con el oficial del conmutador, que le pasó. Oyó la voz que le hablaba con entusiasmo.

—Cristina, buen día —dijo Axel.

—Lo escucho —contestó ella, parca.

—¿Sabés que la chica se salvó?

—Sí, ya lo supe anoche. ¿Y usted, cómo lo supo?

—Llamé recién al hospital. Dije que era un pariente del interior. ¿No es una maravilla, que se recuperara?

—Claro que sí.

—Viste que no soy un asesino. Nunca quise hacerle nada malo…

—¿Por qué me llama?

—Porque sé que querés verme.

—Quiero verlo internado, donde corresponda…

—Vos sabés que si no hubiera ocurrido esto de la chica, no podría proliferar nunca una evidencia en mi contra. Jamás violenté a nadie, física ni sexualmente. Cristina, hay muchas mujeres que hablan maravillas de mí.

—¿Por qué no viene a mi oficina?

—¿Realmente querés eso? ¿Que me dejen incomunicado, y me manden a cualquier lado?

—Hay denuncias. Muchas.

—Pero si no pueden probar nada. Vos las habrás leído, o no sabés leer entre líneas.

—¿Qué es lo que pretende?

—Cristina, yo las puedo llevar al éxtasis, y después cobro mi pequeño precio.

—¿Pequeño? ¿Un tatuaje de por vida?

—Es una obra de arte. Una marca que indica que conocieron el placer.

—¿Pero, quién es usted para dar placer? ¿Un enviado? ¿Un elegido? ¿Qué clase de placer cree que les da?

—No sé, tendrías que preguntárselo a ellas, o averiguarlo vos misma…

Ella apretó los dientes. Axel arremetió:

—¿Qué te pasa? ¿Te quedaste perturbada por lo que te dije?

—¿Cómo sabe que no lo estoy grabando?

—No sé… es una corazonada. Me arriesgo, porque confío en vos.

—¿Por qué?

—Porque querés develar el misterio. Y yo, hoy, preso, no te sirvo. En cambio, una vez que sepas todo de mí, podés elegir qué camino tomar... Además, sos demasiado inteligente para perdértelo. Cuando hablabas en televisión con esos imbéciles, estabas más allá de todo... Te apuesto a que anoche estuviste pensando en mí...

—Eso es absurdo... pero no perdamos más tiempo, ¿dónde quiere que nos encontremos?

—Ya te habrás enterado que hay una exposición de tatuajes vivientes, este fin de semana...

—Sí. Ya sé.

—¿Ves que sos una chica lúcida? Bueno, si me prometés que vas sola, y por supuesto de civil, quizás nos veamos allí.

—¿Cuándo?

—El sábado, de noche... ¿Cristina?

—¿Qué?

—Yo soy diferente a toda esa clase de degenerados con los que habrás tenido que lidiar, ¿sabés? Simplemente soy un hombre que está solo... y que busca...

—Adiós —dijo Cristina, antes de cortar.

—¿Por qué siempre sos vos la que me corta?

Alguien había hecho pedazos el despacho de Mario. Abriendo cuidadosamente la puerta, que encontró con la cerradura violentada, encendió la luz. Todo estaba dado vuelta, desde el cesto hasta las bibliotecas, el archivo, los videos, las fotos. El que lo hizo actuó con saña: rompió el televisor y la video, arrancó los cables de la computadora y la volteó al piso, partió los vasos, la vitrina, las botellas. Levantó el sillón del suelo —que tenía el tapizado cortajeado por un filo— y vio, en la pared de la puerta, el cartel pintado con letras rojas:

"VAS A MORIR, HIJO DE PUTA"

Sobre el escritorio, intacta, lo único que había quedado era la foto de él con Marta, insertada en un portarretratos de acrílico. Mario la miró con dulzura. Dentro del caos del cuarto, la foto era una bandera blanca, una tregua.

Cristina se paró cuando el jefe llegó y le dijo que pasara. Había estado esperándolo durante una hora.

—Sentate, por favor, y perdoná la demora. Vengo de ver a mi hijo, que quedó detenido en la 5º por pelearse anoche con una barrita, a la salida de un boliche…

—¿Cómo? ¿Y no lo sacó?

—Al contrario. Pedí que lo tengan adentro 24 horas más. Así aprende, para la próxima.

—¿Pero es chico, no?

—Dieciocho años. Reverendo boludo. Hijo del comisario, podría dar el ejemplo. ¿Qué querías, nena?

—Es por la investigación del tatuaje.

—¡Ah, sí! ¿La chica se recuperó, no?

—Sí. Estoy muy interesada en seguir este tema.

—¿Muy interesada? Cristina, vos nunca hablás así, ni estás muy interesada en nada… Con eso no quiero decir que no seas una excelente oficial, solo que…

—Cumplo todas las órdenes; nunca cuestiono; nunca me quejo… Jefe, en dos años debo haber atrapado más de una docena de violadores, y no sé cuántos casos de drogas. El año pasado tenía una redada por noche... Quiero un poco de tiempo libre para investigar este caso.

—¿Por qué este caso?

—No sé, jefe, vio cuando una siente que debe hacer algo, sin saber bien por qué...

—Un policía no puede cuestionarse eso. Un policía está para cumplir y servir lo que se le pida. No para elegir lo que sus sentimientos le indiquen.

—Jefe, soy yo, Cristina la que se lo pide. Podría mentirle. Pedir licencia; vacaciones de las que guardo. Pero no, quiero que usted sepa.

—¿Te acordás cuando visité el orfanato, hace como diez años o más, y te me acercaste diciéndome que querías ser mujer policía?

—Sí.

—Yo te pregunté por qué, ¿y te acordás lo que me dijiste?

—Sí —dijo ella, con cierto pudor.

—Que estabas cansada de ese orfanato de mierda y que, cuando fueras mujer policía, ibas a meter a todos esos hijos de puta en la cárcel.

El comisario largó una carcajada compulsiva, y siguió:

—Mirá que metiste hijos de puta en la cárcel, ¿eh?

—Déme unos días sin desviarme a otras cosas.

—¿Me estás ocultando algo?

—No.

—Bueno, lo hago por mi esposa, que siempre me pregunta por vos. Además, porque estuviste bárbara por televisión. Vos te hacés la apática cuando querés.

Llevaba la foto en el bolsillo, como un talismán, o para que aquel sádico no pudiera encontrarla nunca. Le podía romper todo el despacho, podía hacerle perder el trabajo de años y la compostura, pero jamás tendría esa foto. Al llegar a su puerta, tocó dos timbres. Antes de saludarlo, o de cualquier otra cosa, Marta dijo:

—¿Para qué viniste? —agresiva, parándolo.

—Tenía ganas de verte… —dijo él, derrotado.

—¿Para qué querías verme?

—¿Estás bien?

—Bárbara. Bueno, ya me viste…

—¡Marta!

—¿Qué? ¿Te arrepentiste de haberme dejado todo? ¿Querés los papeles de nuevo?

—No… —contestó él, al borde de la humillación.

—¿Entonces, qué querés?

—Entrar un rato…

Ella, esgrimiendo un visible gesto de desagrado, se corrió de la puerta. Mario entró.

—¿Seguro que no te falta plata? —dijo.

—Con las traducciones me arreglo, o querés que además de todo esto, te acepte plata…

—Todo esto y lo del Banco es tuyo, porque te corresponde… Además, no estamos separados.

—Para mí, es como si estuviéramos.

—Para vos, siempre estábamos separados.

—¿Y qué, para vos era una relación normal?

La pregunta lo hizo bajar la cabeza. Con forzado disimulo, intentó cambiar de tema.

—¿Cómo está tu papá? —preguntó.

—Bien. El sí, se acuerda de vos…

—¿Por qué, vos no?

—Cada vez menos.

—Yo, en cambio, cada vez pienso más en vos…

—Lástima que no lo hiciste antes.

—Marta, no te culpo por lo que hiciste.

—¿Vos, culparme a mí? Yo te culpo a vos…

—¿No recordás nada bueno?

—En este momento, no.

—Qué pena, porque yo sí.

Marta se llevó las manos a la cabeza, atacada. Caminó hasta la puerta y la abrió. "Tengo que salir…", dijo, echándolo.

—Bueno, te dejo…

—Y perdoná que no te ofrecí nada de tomar.

—No importa —dijo, pasando el umbral, y agregó:— Quisiera verte, cada tanto…

—Pero yo no. Me hace mal, verte…

—¿Al menos, puedo llamarte?

Marta subió los hombros, como si le diera igual.

Todavía llevaba puesto el traje verde agua, eran las diez menos diez de la mañana, y el primer momento en las últimas 24 horas en el que usaba su cama para descansar. Axel apretó "Play"; Marilyn y Joseph Cotsen se amaban con pasión. La mano de él le apretaba la cintura. Ellos se querían con la locura con que aman los mejores, los que cruzan el "Niágara". Ja, já. Adelantó un poco, viendo las imágenes en cámara rápida. Pulsó stop, otra vez play. Ahora la tironeaban entre dos. Una situación tensa, de maltrato. Axel abrió la libretita y escribió:

NORMA-MARILYN, BUENOS AIRES, JULIO 1994

Si por ella fuera, no habría acudido a la comisaría. Pero la oficial Medina le había insistido tanto, que se tomó un taxi y fue. Cristina sabía que la había incomodado, por eso le agradeció por demás el que hubiera asistido a la cita. Necesitaba datos.

—Yo sólo quería explicar mi caso por teléfono. Pero, bueno, ya está. Nunca había entrado a una comisaría… Bueno, sí, una vez que perdí el documento…

Cristina trató de ser más amable que con ias otras. Comenzó preguntándole cómo lo había conocido.

—¿A Carlos? —preguntó Betina.

—Sí, Carlos —contestó ella.

—Yo había ido al cine. Este miércoles no, el anterior. Yo voy todos los miércoles porque es mitad de precio, y ahí en la cola para entrar, lo conocí. Cuando lo ví, pensé que era el tipo más elegante del mundo, y cuando él me miró, corrí rápido la vista, de vergüenza…

—¿Vergüenza, por qué?

—El me pareció tan hermoso y yo… bueno; yo soy… una más. No entiendo qué vio en mí…

—¿Entraron al cine juntos o por separado?

—No; ni entramos al cine. Fuimos a tomar algo a una confitería. Yo ya había sacado mi entrada, pero pensé "qué me importa la entrada, con tal de estar un rato con un hombre así".

—¿Así, cómo?

—Espléndido. El galán del que una se enamora en el cine. Seductor, limpio, no sé…

—¿El le contó cosas de su vida?

—Me habló de sus viajes. Vivió en Oriente, mucho

tiempo. Pero lo que más me gustó es que supo escucharme… Yo soy separada, y no tengo muchas ocasiones de hablar con un hombre, y menos aún, que un hombre me escuche…

—¿Usted le contó algo específico?

—Le hablé de mi vida. Mi negocito. Cómo me hubiera gustado tener un hijo, de mis años de analista, que no me sirvieron para nada…

—¿Y él?

—Me escuchaba. Y a veces se emocionaba, y yo pensaba "qué hace este hombre perfecto, escuchándome a mí…", parecía un sueño… Hasta que me invitó a estar juntos.

—¿A un hotel?

—Sí, pero muy fino.

—¿No le molesta contarme en detalle qué pasó?

—Quisiera reservarme algunas cositas.

—Como quiera…

—El ahí cambió un poco su actitud. No era tan dulce como antes. Se puso más, más… insinuante. Me hablaba en forma muy… erótica. Me propuso jugar.

—¿A qué?

—A todo.

—¿Y qué hicieron?

—De todo.

—¿Pero él la trató con violencia?

—No; más bien no.

—¿Cómo más bien no? ¿La obligó a algo?

—No; no me obligó a nada —dijo, con vergüenza—. Yo le pedía más.

—¿Más?

—Sí. Más, y más, y más.

93

—Pero… —balbuceó Cristina.

—Sí, más. Que siguiera. Que me hiciera más cosas. Dese cuenta. Yo, en toda mi vida, supuse que un hombre como ese me haría sentir de ese modo. Yo quizás sea muy bruta, pero no creo que haya muchas mujeres que puedan gozar habitualmente como yo gocé esa noche… Imagínese, yo a este hombre le debo el haber descubierto algo en mí que yo no sabía que existía… Me podría haber muerto sin conocer eso.

—¿Pero, y qué le hizo después? —intentó Cristina.

—Después no sentí nada. Se ve que me durmió y me tatuó. Lo mismo que le hizo a esas chicas que pasaron por televisión…

—¿Por qué no hizo la denuncia?

—¿Por qué habría de hacerla?

—¿No siente odio por él?

—No. Siento un poco de pena, pero por mí —respondió Betina.

—¿Por qué?

—Es como que toqué el cielo con las manos, me dormí y, cuando me desperté, ya no era lo mismo… Pero no puedo quejarme mucho… me queda el recuerdo, y eso no se me va a ir mientras viva.

—¿Entonces, por qué llamó a la comisaría y pidió hablar conmigo?

—Porque cuando escuché el caso por televisión, me asusté mucho y después, cuando usted habló tan bien, para que la gente no se alarmara y no creyera en suposiciones, yo pensé que podía comentarle mi caso… que quizás le interesaría…

—¿Por qué cree que este hombre hizo lo que hizo, después? Me refiero a dormirla y tatuarla…

94

—No sé. Siempre me lo pregunto. Quizás quiso compartir conmigo algo suyo, íntimo, como ese tatuaje, y no se atrevió a preguntarlo. No sé si con las otras mujeres habrá sido lo mismo. El necesitará dejar eso y tendrá miedo a que le digan que no y lo rechacen. A mí, es una pena que me haya dormido. Yo le hubiera dicho que sí. Que me hiciera cualquier cosa. Que me tatuara cada centímetro del cuerpo… Yo estoy orgullosa de mi tatuaje.

Cristina la miro perpleja.

—Esta es la marca de cuando fui feliz… —dijo.

Mario no alcanzó a darse vuelta, cuando el empujón lo metió por la fuerza en su despacho. En la oscuridad, trató de zafarse. Ese tipo lo estaba ahorcando con el antebrazo. El cuerpo del hombre era duro como una plancha de acero. Aferró sus manos al brazo para salirse del ahogo. El aire le empezó a faltar; sus piernas comenzaron a debilitarse. Con el último aliento, le asestó un codazo en los riñones. Oyó el grito del tipo en simultaneidad con el espacio para dar una boqueada de aire y restablecerse. De un cabezazo, acabó por soltarse, con tan mala suerte que se tropezó en la pila de libros que aún permanecía en el suelo. El otro se recompuso. "Es un mastodonte", pensó Mario, desde el suelo. Cuando vio que se acercaba, recortado contra la luz proveniente del pasillo, buscó algo para pegarle. Con la izquierda alzó un cortapapeles de metal; con la derecha un gran tintero de cerámica. El golpe lo dio con el tintero, partiéndolo contra la cabeza del desconocido, que tambaleó, intentando agarrarse de la puerta, y después cayó, cerrándola con su peso. Todavía no sabía si era, o no, el que estaba buscando. ¿La fiebre de la pelea se lo había dibujado más corpulento que en las fotos? Encendió la luz. La bestia estaba sentada, con las piernas abiertas y medio cuerpo apoyado contra la puerta. Mario se tocó la cabeza, que le sangraba por la caída. Así como estaba, le pegó una patada en los huevos; el hombre agachó su torso de dolor y él se montó sobre su espalda, amenazándolo con el cortapapeles sobre el cuello. Le tiró del pelo para que mantuviera la frente alta, y le dijo que apoyara las palmas contra el suelo. Metiéndole la derecha adentro del saco, extrajo un revolver calibre 22 corto, negro. "Un arma de mujer", pensó Mario; salió de atrás suyo, apuntándole entre los ojos, y comenzó a recordar quién era…

—Yo te conozco… —le dijo.

—Cómo no me vas a conocer, hijo de puta… —dijo el otro—. Si vos mataste a mi mujer…

—¿Cómo, qué estás diciendo?

—A cuántas habrás matado, gusano…

—¿Qué decís?

El tipo se sacó la sangre de la cara con la manga del saco. Mario se sentó en el sillón, siempre apuntándole.

—Las fotos… —recordó—. Vos sos el marido de la Ferradás.

—De la mujer que se mató por tu culpa…

—¡Por la tuya, cretino de mierda! Vos la engañaste con cuanta mina pudiste.

—Ella se mató cuando vio las fotos —dijo, con odio.

—¡Ella me contrató para eso! ¡Vos sos la basura que la jodió!

—Si ella no hubiera visto esas fotos, no se habría matado.

96

—Si no la hubieras engañado, esas fotos no existirían. Vos la mataste, no yo.

El hombre se largó a llorar. Las lágrimas se le mezclaban con sangre y baba que le caían de la mandíbula semiabierta, y que él mismo se untaba sobre la cara con las manos. Desesperado, agregó:

—¿Si ella sabía que yo salía con mujeres, por qué tuvo que buscarte?

—Supuso que esta vez era en serio, y quiso saber quién era ella… Una tal Julia Steinbeck.

—Julia… la mujer de la foto… era… su mejor amiga.

Mario bajó el revólver.

—Cuando una persona se mata, es porque tomó la decisión de hacerlo; la responsabilidad es solo de ella. Ahora, andate. Y si alguna vez volvés a atacarme, te juro que te mato.

La conversación mantenida con Betina, la había dejado perturbada, muy mal. Tanto que lo único que quiso fue llegar a su casa; por eso no se detuvo cuando Rogelio la llamó, ni saludó al oficial de guardia. Era un mal día, de esos para salir corriendo. Llegó hasta la parada del 60 y se subió colgada del pescante. Rogelio salió de la seccional corriendo, como si tuviera algo importante para avisarle. "Seguro que alguna pavada", pensó ella, en cuanto se pudo acomodar. Bajó del colectivo cargada de nervios. Ese trabajo la estaba volviendo loca. Delante de la puerta de su edificio, extrajo el manojo de llaves. Dio vuelta la cabeza para ver si alguien la seguía. Nunca supo si ese gesto era pura manía persecutoria, esa que la acompañaba desde sus épocas del orfanato, o un vicio profesional adquirido adentro de la mugre. Abrió; subió en el ascensor hasta el cuarto piso; llegó y encendió la luz. A través de la cortina levantada, desde detrás de un árbol de la vereda de enfrente, Axel supo dónde vivía. "Ahora sí", pensó él. Justo en el momento en que se iba a ir, llegó Rogelio. Entonces, se quedó. Al verlo vestido de policía, lo relacionó con ella. También miraba hacia atrás antes de llamar al portero, pero con menos miedo. Cabeceó y se quedó esperando. Axel vio cómo Cristina salía del ascensor, ofuscada por algo, y le abría la puerta gritando:

—¿Qué pasa, Rogelio?

—¿Por qué te fuiste sin despedirte? —gritó él.

—¿Para eso viniste, che?

—¿Cuando subiste al colectivo, no me viste?

Ella se llevó las manos a la cadera, con el torso muy firme.

—Esto se pone serio, no puedo creer que hayas venido hasta mi casa para decirme esto…

—Cristina, vos me importás…

—Rogelio, vos también me importás, pero como A-MI-GO —remarcando las sílabas.

—Yo quiero ser más que eso…

—Y yo no quiero ninguna relación sentimental con nadie… pero menos con un compañero de trabajo…

—Vos estás distinta, ¿sabés? Hablás de otro modo…

—¿No se burlaron siempre de mi frialdad, de mi apatía…? Ahora te quejás porque estoy cambiada…

—Pero para mal. Estás más dura, como alterada. ¿Es el caso de los tatuajes, no?

—¿Qué decís? Llevo años en la policía. ¿Vos te creés

que a esta altura de mi vida me voy a alterar por un caso de mierda?

—Pero escuchate, escuchate vos misma… Vos nunca hablaste así…

—¿No será que ustedes nunca supieron escucharme?

—¿Qué es eso que te tomás unos días, a ver?

—¿Pero, desde cuando tengo que darte explicaciones de mi vida privada? ¿Y cómo hiciste para enterarte? ¿Me estás espiando?

—¡Quiero que me dejes ayudarte!

—¡¿A qué, Rogelio, a qué?!

—Con este caso.

—Si querés ayudarme, andá tranquilo y dejame descansar unos días. Ya la semana que viene voy a pasar por la seccional, y ahí charlamos un rato.

—¡Sos una tonta por no confiar en mí!

—Desde que tengo cinco años y me encerraron en ese orfanato, sólo confío en mí misma.

Cristina dio un portazo. Axel pensó que era una suerte que los policías hablaran a los gritos.

7

El primer gordo que apareció, tenía tatuado un mapa de caracoles. Pasó por la pasarela, dio media vuelta y bajó por la escalerita. La grasa le colgaba como una pollera, alrededor de su slip. Alguna gente lo abucheó. Como contrapartida, la chica que vino después era muy delgada, modelo; en el tatuaje se podía leer un abecedario en múltiples idiomas. Mario recogió una menta de la bandeja. La moza tenía tatuada, en el cuello, una vaquita de san Antonio.

—¿Vio cuando le dije que existía todo un mundo en torno a los tatuajes? —dijo él.

—Pero esto de ritual no tiene nada —contestó Ruth—. Más bien, parece un circo.

Dos fisicoculturistas enormes, que parecían ser hombre y mujer, se cuadraron en varias poses, con el objeto de exhibir el "nouveau" de sus brazos. Ruth miraba más al público que a los tatuados, inquieta por verlo aparecer. Sin intención de decepcionarla, pero sí de ponerla en aviso, Mario le dijo:

—Es absolutamente improbable que él venga a un lugar tan jugado.

—¿Y entonces, para qué vinimos?

—Ruth, usted vino porque quiso. Yo vine para recabar datos que me ayuden a encontrarlo.

—¿Y qué datos obtuvo?

—Poco y nada. Cuando muestro la foto del tatuaje, todos quedan fascinados, pero ninguno sabe quién pudo haberlo hecho. Uno de los expositores recién me dijo que este año vino mucha más gente, a causa de la nota televisiva sobre el "loco del tatuaje".

Dos mujeres negras subieron a la pasarela. Llevaban puestas musculosas y pantalones cortos; sonrieron al público y se besaron en la boca. Sobre sus hombros tenían grabadas dos mariposas multicolores. Mario miró hacia la puerta de entrada. Cristina, vestida con un trajecito rojo muy corto y una escotada remera de seda blanca, hizo su aparición. La chica renga del ascensor la tocó en el hombro. Ella giró sobre sus tacos aguja, y la contempló sin llegar a reconocerla, por el maquillaje y la manera en que Amalia estaba arreglada. En realidad, las dos estaban irreconocibles.

—¿Oficial, se acuerda de mí?

—¡Ah, sí!, la denunciante del tatuaje en el ascensor...

—Puedo tutearla, ahora que está así, de mujer de la calle... quiero decir... sin uniforme.

Cristina asintió.

—¿Vos eras... Amalia, no?

101

—Qué memoria. ¿Y vos?

—Me llamo Cristina. ¿Para qué viniste aquí? ¿Por si volvías a ver a ese hombre?

—No. Eso ya fue. Vine a hacerme esto.

Bajó el bretel derecho de su vestido, exhibiendo un furioso tatuaje pekinés. Después desabrochó dos botoncitos y se puso de costado, señalándole la curva del seno izquierdo. Por debajo del tatuaje de Axel se había grabado un lagarto negro.

—Y el otro no te lo puedo mostrar, porque me lo hice acá abajo. Ese es para las... relaciones íntimas, usted entiende.

—Cuando te conocí en mi oficina, parecías no saber nada de eso. Se ve que avanzaste mucho, desde entonces...

—Vea: renga, virgen y retrasada, nunca iba a enganchar a nadie... Y estos tatuajes son para recordar al hombre que me abrió los ojos y... todo lo demás. Con decirle que renuncié al trabajo de ascensorista, y ahora conseguí en un boliche de Avellaneda, como encargada del guardarropas...

—Bueno, Amalia, te felicito, espero que te cuides.

Amalia le dio un beso, y le preguntó si no se iba a tatuar. Cristina negó con la cabeza y se introdujo en el tránsito de gente.

Una mujer con el cuerpo robusto disparó dos fotos a una nena que se tatuó dos ojos en la frente, y a un pelado patovica que simuló rulos tipo mota sobre su cuero cabelludo, y un ancla en medio del pecho. Estaba vestida con un saco sastre con mangas hasta las muñecas, una pollera hasta el piso y zapatos negros. Llevaba, también, un sombrero como una cofia. Sacó más fotos;

102

doce, quince. A Ruth, a Mario, a unos adolescentes con sus "Guns & Roses" sobre las espaldas desnudas, a Cristina, a Amanda. Mario pareció percibir el flash. Ruth le dijo:

—La verdad es que me cansé de esperar en vano, prefiero irme. Pero usted quédese más, por favor, aunque él no aparezca, que ya veo que no. Trate de enterarse de algo, o conocer a alguien que haya tenido que ver con él.

—Ruth, vaya y descanse. Yo la llamo mañana al mediodía y le comento cualquier detalle.

—Por favor —pidió. Y, señalándola a Cristina, agregó:— Ve, esa que va ahí; la muchacha alta. Esa es la mujer policía que habló del caso el otro día por televisión. ¿Pero, por qué estará acá? ¿Por qué lo estará siguiendo? Se da cuenta, Mario, que igual lo buscan. Ella está de civil. ¿Cuántos policías de civil habrá en este momento?

—Cálmese, Ruth. Vaya a su hotel. Yo voy a encargarme de hablar con esta chica, y veré qué puedo averiguar.

—¿Y cómo sabe que le va a decir la verdad?

—No lo sé.

Mario se despidió de Ruth con un beso, y se hizo paso hasta Cristina. El contacto, al pasar, con los cuerpos desnudos y tatuados, le provocaba una infinita repugnancia.

—¿Mucha gente, no?

Cristina se sobresaltó.

—Sí.

—¿Había venido a estas exposiciones, anteriormente?

103

—No —lo examinó detenidamente a ver si era o no el hombre que ella esperaba, pensando cómo alguien se podía enamorar de ese tipo. Con serenidad, decidió seguirle el juego. Cuando él le preguntó qué sabía de tatuajes, le contestó "muy poco".

—¿Pero locuaz, como buena mujer policía? —agregó Mario.

—¿Cuál es su nombre? —dijo ella.

—Mario.

—Sí, al menos por esta noche… —afirmó, irónicamente.

—No entiendo.

—¿No tiene miedo de aparecer en público? —arremetiendo, confundida.

—¿Miedo? —preguntó él.

—¿De ser reconocido por alguna antigua clienta?

—No tengo problema en encontrarme con ninguna clienta.

—¿Tanta confianza se tiene?

—Usted es demasiado inquisidora.

—Creo que tengo derecho a serlo…

—¿Y qué le ha dado ese derecho, si puedo saber?

—Todo lo que sé de usted, y la forma en que usted me habló.

—Yo lo hice con mucho respeto —afirmó Mario—. En mis años de profesión, jamás entorpecí ninguna investigación de la policía.

—Si esta es su forma de colaborar, demuéstremelo confesando la verdad.

—No tengo nada que confesar.

—¡Es un cínico!

—¡Y usted una exaltada! Los investigadores privados tenemos todo el derecho de seguir determinados casos, mientras no violemos las normas policiales…

Ella se sorprendió.

—¿Investigador privado? —dijo.

—Sí. Y con un altísimo porcentaje de casos resueltos.

—Pero… entonces… usted… es…

—Mario Goytía, investigador privado.

Ella se tapó la boca abierta con las manos.

—Perdóneme —dijo—. Lo confundí con otra persona.

El flash de una foto los alumbró juntos. Cristina dio dos pasitos, saludándolo, para perderse entre la gente. Mario sintió por segunda vez que la luz le había dado en los ojos, lo que significaba que era a él a quién estaban fotografiando. A pesar de no llevar ningún tatuaje. Buscó a la señora y, al verla esta segunda vez, le pareció que le era familiar. Se acercó a decírselo.

—Le veo cara conocida…

—Sí, yo también —dijo ella, con una voz femenina muy rara.

—Usted es…

—Lidia —dijo, extendiendo la mano—, soy pintora.

—Yo soy Mario —dijo él, tomándosela suavemente entre las suyas—. Es sorprendente esto de exponer tatuajes…

La sensación que le quedó en el tacto era la de haber tocado la mano de un hombre. Ella dijo:

—Podrías ser más original cuando te acercás a a una mujer…

—Te lo digo en serio.

—¿Estás solo?

—Sí, vine con unos amigos, pero ya se fueron.

—Yo también estoy sola…

—¡Qué increíble! Te juego a que, en unos minutos, me acuerdo de dónde te conozco.

—¿Y qué apostamos?

—No sé. ¿Una copa?

—Bueno, pero primero veamos si me acuerdo…

—Aprovechá estos minutos, que voy al toilette. Y ahí vos no podés acompañarme…

—Te espero.

Axel corrió hasta la salida. Desde la puerta vio que Mario reaccionaba, a punto de descubrirlo. Mario abrió los ojos y la boca. Del bolsillo del gabán extrajo la foto que le había dado Ruth, y comprendió de golpe. Axel levantó sus polleras para salir corriendo. Se acercó hasta un hombre que estaba por salir, con un BMW parado contra el cordón de la vereda.

—¿No le molestaría alcanzarme unas cuadras? —dijo.

El hombre le respondió, sorprendido:

—No, al contrario, me encantaría.

Axel dio vuelta su cabeza para ver salir a Mario, enajenado, buscando con avidez. Respiró. El hombre le tocó la pierna, feliz de la vida. Tenía bigotes y unos cuarenta años, e iba vestido como un vaquero.

—Lo mejor que me puede pasar a esta altura de la noche, es tener una preciosura como vos en mi auto…

Axel se puso tenso.

—¿Por qué tenías tanto apuro en irte de la exposición?

—Como no venía ningún taxi, aproveché que vos te ibas.

—¿Por qué no decís la verdad?

—¿De qué?

106

—Que me fichaste y dijiste: "a este tipo no me lo pierdo".

—¿No serás un poco fantasioso?

—Dale, mamita, si te abalanzaste sobre el auto… ¿Cómo te llamás?

—Lidia.

—Yo soy Johnny… mirá que no vas a encontrar muchos tipos como yo.

—¿Ah, no? ¿Y cómo sos vos?

—Soy lo mejor que le puede pasar a una mujer… Soy un semental en la cama… bueno, no sólo en la cama… —le apretó la pierna donde antes había descansado su mano—. ¡Uy, uy, qué músculos tenés! ¡Y eso que no sos ninguna piba!

—Tengo varias cosas musculosas, pero no sé si te las quiero mostrar…

—¿Cómo que no sabés? Desde el momento que subiste a este auto, decidiste mostrarme todo…

—Veo que ya tenés una opinión formada de mí…

Johnny lanzó una carcajada.

—Tontita, cuando veas los chiches que tengo en casa, te vas a volver loca…

A la entrada de la sala, Mario le preguntó al portero por esa mujer, y él le explicó que la había visto irse con un tipo medio salvaje, un tal Johnny, habitué a esas reuniones. "Parecía apurada por irse, agregó; como escapándose de alguien".

—¿Cómo puedo saber adónde fueron? —preguntó Mario, extendiendo dos billetes.

—¿Qué sos viejo, detective privado?

—Sí.

El portero agarró el dinero.

—Siempre se las lleva a la casa. No sé exactamente donde es, pero vaya a la altura de Libertador al 13. 000. Una vez estaba en pedo y tuve que manejarle el auto hasta la casa… Una de las calles que cortan Libertador a esa altura, o al 13. 200. Una casa con verjas altas pintadas de verde…

—¿En qué auto se fueron?

—Un BMW gris metalizado.

—¿Decís que el tipo es peligroso?

—Es un pirado. Si la mina se prende, no creo que tenga quilombo; pero si se le retoba, es capaz de fajarla y hacerle el show a la fuerza.

Axel, que iba de la mano de Johnny, preguntó, delante de la reja:

—¿Y si no quiero entrar?

—Vos querés entrar.

—¿Me vas a obligar?

—Vos elegís; pero entrar, entrás de todos modos. Si entrás tranquila y con la mente abierta, te prometo que la vas a pasar bárbaro, pero si te tengo que obligar, adentro voy a ser muy duro…

—Veo que no tengo mucha opción —supuso Axel, en voz alta.

—Dale, que vamos a practicar cosas que nunca hiciste en tu vida…

Abrió la puerta y lo hizo pasar. La habitación era un muestrario kitsch, con posters de enamorados en la playa, espejos de cuerpo entero y parlantitos emitiendo música funcional melosa. A Axel le pareció el ambiente menos erótico de todos los que había conocido. Tocó el colchón de la cama, que parecía blando. "Si esta cama hablara…", dijo, haciéndole un chiste vulgar que el hombre interpretó como un halago.

—Si esta cama hablara, podríamos estar una vida escuchando… Tengo más polvos, que días de existencia, y mirá que ya pasé los 30 largos…

Axel puso cara de admiración, mientras pensaba "este tipo es menos sutil que un hipopótamo".

—Sabés la de virgos que me comí en esa cama… Sabés las minas como vos, todas finas, así, señoras de su casa, que aullaban como si estuvieran en celo… ¡Las veteranas a las que le hice la colita! Ahora vas a ver todo lo que yo hago en esa cama…

Johnny se acercó a su cuerpo agarrándolo de los brazos.

—¡Qué mina musculosa! Vos vas al gimnasio… A ver si tenés el culo parado… —puso una mano sobre cada cachete. Axel pensó que era mejor tener los brazos libres, en el momento de atacarlo, y se dejó acariciar—. Sí, mamita, tenés un culo infernal. Me parece que voy a arder acá adentro…

—Me dijiste que tenías muchos chiches en tu casa, que me iba a volver loca…

—Ves, que sos una viciosa… Bien como a mí me gusta… Claro que tengo chiches, y los vamos a usar a todos.

—¡Mostrame!

—¿Querés que te muestre primero? ¿Así te calentás un poquito más, pensando lo que te voy a hacer?

—O lo que te voy a hacer yo a vos.

Johnny se rió y abrió un placard.

—Está bueno eso —dijo—. Me gustan las minas con iniciativa.

Colgados de la puerta, como si fueran las herramientas de un taller mecánico, Axel vio desde lencería negra, hasta por lo menos diez modelos distintos de consoladores y vibradores.

—¿Completito, no? —dijo Johnny.

—¿Y esa ropa interior, para qué es?

—Parte del juego; después que te haga unas cosas, me gusta que los dos nos pongamos lo mismo.

—Por un momento me asusté, y pensé que tendrías elementos de violencia o sadomasoquistas, y eso sí que no me gusta.

—La violencia la uso con las minas que se quejan, cuando les hago un rasponcito y entran a chillar; ahí, sí, me pongo loco y puedo ser violento.

—Me das un poco de miedo…

—A las minas las excita más…

—A mí no…

—Vamos a ver —dijo, descolgando un par de esposas de un clavo—. Sacate el trajecito y las sedas, que vamos a probar con éstas…

—¡Por Dios!, con esposas nunca me imaginé que yo me dejaría… a ver, mostrámelas…

—Tomá —le dijo—, tenelas abiertitas, así te las pongo rápido. Y volate la ropa, dale.

—¿Por qué no me la sacás vos?

Johnny largó otra carcajada. Se agachó y le agarró un pie.

—Levantá las patitas —dijo, burdamente.

Sacó primero un zapato y después el otro, tirándolos a cualquier parte.

—Ahora bajame las medibachas, antes de sacarme la pollera —dijo Axel, preparando las esposas.

—Aunque no me lo pidas —replicó él.

Johnny bajó las medias hasta el piso, sin mirarle las piernas. Era tan automático su movimiento, que no se percató del detalle de que esas piernas no eran de mujer, aunque estuvieran afeitadas.

—Esta no te la devuelvo —dijo, apretando la medibacha entre las manos—, es mi trofeo de guerra...

—Pero si todavía no ganaste la batalla...

—Todo a su tiempo. Ahora voy a entrar a la fortaleza...

Sus manos fueron subiendo mecánicamente hasta la entrepierna de Axel. Era un hombre grande, pensó él, pero si lo enganchaba de las manos y lo volteaba rápidamente sobre la cama, no tenía por qué haber inconvenientes. Johnny le clavó los ojos, comprendiendo de golpe lo que acababa de tocar, debajo de la pollera. Estaba arrodillado frente a Axel, y empezó a musitar un "hijo de puta" visceral, pero entrecortado por el rodillazo que recibió en plena boca. Fué fácil: sacó las dos manos para agarrarse la cara, entonces Axel le calzó un aro de la esposa en la derecha, con un movimiento limpio la pasó por dentro de los barrotes de la cabecera y, un tanto más dificultosamente, la cerró sobre la otra muñeca. Ya estaba: arrodillado a los pies de la cama. "Para que reces una plegaria", pensó Axel, mientras le bajaba los pantalones.

—¿Así que no te gustó lo que agarraste? Sabés que hay mujeres y también hombres que pagarían fortunas por agarrar lo que vos agarraste...

—¡Sos un tipo, hijo de puta!

—No me digás, boludo —dijo, sacando del placard y ordenando sobre el acolchado los distintos juguetes,

111

como un cirujano disponiendo de su instrumental para operar—, pero bien que te la hubiera puesto, sin que te dieras cuenta...

La parsimonia de Axel era cuidada al detalle. Johnny lo miraba asustado.

—¿Qué querés ahora? —dijo.

—Primero —buscando por el suelo—, mi bombacha. Yo seré un tipo, pero no me gusta andar con los huevos colgando...

—¿Qué vas a hacer?

—¿Segundo? No me voy a ir sin jugar con los chiches que tenés... Me imagino que no te va a molestar que los probemos todos, ¿no? Uno por uno. ¿Cuál me aconsejás primero?

—Llevate guita. Tengo en el pantalón. Agarrá todo y andate. Si no te vas, voy a gritar.

—Si gritás, te meto un consolador en la boca. Además, a mí la guita me sobra. Lo que yo quiero es jugar... hacer con vos lo que vos le hacés a tus invitadas. A esas que traés, incluso a la fuerza... o vos no sabés que no se puede obligar a nadie a entrar donde no quiere...

Johnny hundió la cabeza en el colchón.

—No me contestaste —prosiguió Axel—: ¿por qué chiche empezamos? A ver... las esposas ya te las puse. A ver, a ver esto, —tomando un consolador— ¡qué tamaño, che! ¡parece la mía! ¿O vos también la tenés así? Vamos a hacer una cosa, si vos la tenés así te prometo que te saco las esposas y me voy ya, silbando bajito, pero si no la tenés así de grande... voy a tener que presentarte a este otro Johnny de plástico, y ojito con chillar, que me pongo violento...

—¡No, no me hagas eso, por favor!

—¡Pero che, no seas maricón! Yo no soy ningún bruto, y sé cómo hacer las cosas. Primero te voy a bajar los calzoncillitos y voy a jugar por ahí... después, cuando te empiece a gustar —Axel eligió una bombacha mínima, de encaje, del ropero, que tenía la entrepierna abierta— te voy a poner esto... ¡Seguro que te va a quedar divino! Mi favorita es ésta, y cuando te vea con esto puesto voy a estar tan caliente que, bueno... va a pasar lo que tiene que pasar.

—¡No, hijo de puta!

—Johnny, no te desesperes... Todo llega...

Después de una hora de tratamiento, Axel dio por terminada la sesión. Sobre la cama tiró el guante de látex, que cayó al lado de las velas y de unos largos palos con pinches de goma en las puntas. Cansado, se puso los zapatos. Johnny tenía media funda de la almohada metida en la boca y los ojos rojos de rabia y llanto. Antes de irse, le sacó el trapo, y le avisó:

—Che, semental, ahora vas a tener una nueva perspectiva en tus jueguitos de pareja... Y sabés que te salvás de que te coja, porque con ese culo fláccido y fofo que tenés, aunque yo quisiera, no se me para.

Al no recibir respuesta, Mario supuso que algo había pasado, y empujó la puerta que estaba abierta. Ya en la pieza, lo encontró tal cual Axel lo había dejado. De rodillas, sin pantalones y con las manos atadas a la cama, agotado.

—¿Qué pasó? —preguntó.

—¿Quién es usted? —dijo Johnny, despertándose de la pesadilla.

—Llegué hasta aquí buscando a la mujer que se fue con usted de la exposición...

—¿Mujer? ¡Mire lo que me hizo ese hijo de puta!

—O sea que era un hombre...

—¡Sáqueme esto, rápido!

—¿Con qué? ¿Dónde tiene la llave?

—Sobre ese estante del placard. Por ahí en el fondo... ¿La ve?

—Sí.

Mario abrió la cerradura de las esposas. Johnny salió frotándose las muñecas, dolorido, mientras exclama "qué hijo de puta..." Y después, dirigiéndose a Mario, de mala manera:

—¿Usted quién es?

—Un investigador privado. Estoy buscando a ese hombre.

—¿Para qué lo busca?

—Eso es información confidencial.

Mario lo observó poniéndose los pantalones sobre la bombacha negra con puntillas, por la que le asomaban los testículos y la cabeza del pene. Lo oyó gritar:

—A ese degenerado sexual hay que meterlo preso, hay que matarlo...

Algunos de los objetos diseminados sobre el cubrecama arrugado, estaban manchados de sangre.

—¿El le hizo todo esto?

—Sí. Me trajo amenazado hasta acá. Me golpeó con un revólver, me esposó y me robó.

—¿Le robó?

—Sí, me robó.

—¿Y esa ropa que tiene puesta, también se la puso él?

—Sí. Es ropa de… mi novia, que ella deja acá… y el puto ese me la puso cuando yo estaba esposado.

—¿Qué más le hizo?

—¿Cómo, qué más?

Mario señaló hacia la cama.

—¿Utilizó esas cosas con usted?

—Pero no, cómo va a… hacerme eso… pero que se cree, que yo soy… —balbuceó, mintiendo.

—¿Esos elementos son suyos?

—Sí. Yo los uso con mi… a veces… —rompiendo a llorar—.Pero qué hijo de puta, cómo me va a hacer eso… ese hijo de puta… ¡Lo voy a matar!

115

8

—¿Hola?

—¡Hola, Cristina!

—¿Cómo consiguió mi teléfono?

—Ya que vos no me lo diste espontáneamente, tuve que averiguarlo.

—¿Cómo lo averiguó?

—¿Cristina, qué importa eso? Lo fundamental es que conversemos. Che, estabas preciosa en la exposición…

—¿Pero, entonces, estuvo ahí?

—¿Por qué no me tuteás?

—Es mentira que estuvo.

—Cristina, yo no miento… Ya te sacaste el trajecito con hombreras que te hacía un cuerpo más fantástico todavía… No te imaginaba tan alta. El maquillaje te queda bien… pero más me gustás a cara lavada, como apareciste en televisión.

—¿Por qué no se presentó? ¿Por qué no vino a hablarme?

—Cuando iba a hablarte, te vi charlando muy entusiasmada con ese hombre, el del traje oscuro, y sentí que sería un estorbo... no sé... que podía arruinar un momento importante para vos...

—¿Pero qué dice?

—¿Quién es ese hombre? ¿Tu novio? ¿Un policía? ¿Las dos cosas?

—A ese hombre lo conocí en la exposición. Es más, para que sepa, por su culpa viví un momento muy desagradable con ese hombre...

—¿Por mi culpa?

—Sí, él vino a hablarme y yo pensé que sería usted. Por eso, le seguí la charla, hasta que me di cuenta de la confusión y me fui avergonzada, como una idiota.

—Te hubieras quedado con tu admirador.

—No es un admirador... Es un detective privado...

—¿Y para qué te investiga?

—No me investiga a mí, sino a usted...

—¿Sabés cómo se llama?

—Me lo dijo, pero no me acuerdo... Además, no soy idiota. Si le interesa averiguar algo, no me utilice a mí, búsqueselo usted...

—Por favor, Cristina, no te enojes conmigo y entendeme. Sólo quería estar con vos y, cuando vi eso, me puse... bueno, celoso... Y me fui; te juro que me fui mal... herido. Pensaba tantas cosas... vos estabas tan hermosa, y yo sin poder acercarme... ¿Cristina...?

—¿Qué?

—Quiero decirte algo... pero me da vergüenza.

—¿Qué quiere decirme?

—Estoy hablando con vos… Estoy pensando en vos, y estoy muy excitado…

—Voy a cortarle…

—Cristina, estoy muy excitado…

"Clack", escuchó Axel.

—Es la tercera vez que me cortás —dijo. Todavía tenía puesto el disfraz de mujer. Se quitó la peluca de un tirón.

En el departamento de ella, el teléfono volvió a sonar. Cristina estaba recién bañada cuando atendió la primera vez, y con el camisón puesto, mirando dibujitos sin volumen. Decidió que no iba a soportar más las agresiones de ese idiota. Levantó el tubo con una mezcla de furia e impotencia, y dijo "¿qué pasa?", con la voz más amarga que le salió.

—¿Cristina, porqué siempre me cortás?

—Usted es un enfermo… y yo no quiero escuchar suciedades.

—Te das cuenta que lo que estás diciendo es ridículo… que no te lo podés creer ni un minuto… La suciedad está en la mente del que quiere recibirla… Yo te estoy hablando con el corazón…

—¿Por eso me dice que está excitado?

—Vos sos una mujer inteligente, hermosa… hoy en la exposición te vi tremendamente sensual… ¿Sabés lo que sería sucio, o enfermo? Que un hombre como yo, como cualquier otro, no se excitara pensando en una mujer como vos… Cristina, yo no soy un enfermo… por eso te digo lo excitado que estoy…

—No le creo. Es su mecanismo para jugar con las personas.

—Cristina, no te subestimes… Vos no sos una perso-

118

na con la que se pueda jugar… Y si no me creés, cómo quisiera que vieras lo que estoy haciendo en este momento…

—No me interesa lo que está haciendo… usted dice eso para provocarme…

—La provocación es para aquellos que no conocen el placer. Yo no necesito provocarte. Estoy sintiendo mucho placer ahora.

—Voy a cortarle una vez más…

—No, Cristina. No lo hagas…

—Entonces no me diga groserías.

—Vos sos una mujer policía; debés haber vivido y sufrido la parte oscura de la calle. Vos sabés muy bien lo que son las groserías, los insultos, el desprecio… Pensá en lo que te estoy diciendo… Mis palabras son diferentes, y lo que a mí me pasa en este momento, no es sucio. Es una celebración del amor…

—¿Qué dice?

—Sí, Cristina, lo que yo siento por vos, en este momento, es amor… Te estoy amando con todo mi cuerpo… con mi mente, y con mi sexo… ¿No sentís mi sexo, rozando tu cuerpo? ¿No sentís mi boca en tus labios? ¿No sentís mis manos en tu espalda?

—Basta, por favor…

Cristina cerró los ojos; transpiraba.

—Si sentís que lo que te digo es sucio, cortame la comunicación… pero cortame ya.

Las palabras de Axel eran un bálsamo, tan dulces… Ella apretó los ojos para contener su resistencia.

—Pero, si no lo hacés, abrí tu mente y tu cuerpo, y sentí lo que te estoy haciendo… Te deseo tanto… Cristi-

119

na... Así, muy bien, abrí más los labios y sentí cómo mi lengua se mete en tu boca...

Ella entreabrió los labios.

—Tomá mi saliva... Sentí cómo paso mis dedos por tus pechos...

Cristina subió una mano. Los pezones se le crisparon en el roce.

—Ves cómo te gusta... tus pechos me aceptan con placer... Dejame unirme a tu cuerpo. Acercate más, Cristina... más despacio, pero sin parar... así...

La respiración comenzó a pedirle gemidos. El tubo del teléfono le tembló en la otra mano. Abruptamente, Axel cambió el tono de voz por uno más seco, de conversación normal, y dijo:

—Che, Cristina, voy a tener que dejarte porque esto me está perturbando demasiado. Es muy fuerte, y no sé si estoy preparado para tanto. Disculpame. Que tengas una buena noche.

El contestador de Mario seguía funcionando. La chica de la limpieza ordenó el despacho como pudo, tirando todo lo que estuviera roto, menos los papeles y las fotos, como le había pedido. Tenía un montón de trabajo, todavía, para dejar los archivos más o menos como estaban antes. Ya no tenía TV. El primero de los mensajes era de Clarisa, para encontrarse y charlar. Los lomos de casi todos los tomos de su diccionario daban lástima, por lo rotos. El segundo y tercer mensaje eran de Cao, intentando comunicarse para pasarle algunos datos importantes; que lo llamara a cualquier hora.

—¿Hola, Cao? ¿Sí, qué pasó? ¿Decidió que ya era

hora de contarme? ¿Cuando quiere que lo vea…? Salgo para allá.

El taxi lo dejó en la puerta. La noche estaba cerrada, sin estrellas ni luna. Golpeó una vez y Cao le abrió la puerta. Se sentaron en el mismo sillón de caña del jardín de invierno, sólo que ahora la luz era artificial, y de los vidrios colgaban esteras de yute, desplegadas como toldos. Cao habló con lentitud:

—Hay una sola manera en que podrás neutralizar al hombre que buscas. Sólo conociendo sus puntos débiles y su historia.

—¿A usted le interesa detener a ese hombre?

—En la cultura de donde vengo, los errores se pagan con la muerte. Yo cometí un error, y esta persona a la que usted está buscando, es el único poseedor de ese secreto, pero ahora lo conocerá usted también, y espero que cuando todo esto acabe, sepa olvidarlo…

—Prometido —dijo Mario.

Cao comenzó a contar la historia:

—Cuando vine de Japón, hace treinta años, en el barco que me trajo había una mujer, hija de un argentino y una oriental. Esa mujer venía de la ciudad sagrada de Yinzu, y había estado dedicada al aprendizaje ritual de técnicas amatorias. Lo que conocemos como cortesana o geisha de señores poderosos. Esa mujer no había querido cumplir su destino como concubina en Japón, y se escapó hacia la tierra de su padre. En el barco, vivimos juntos las delicias del amor físico. Un placer extremo hecho de sexo y complicidad, ya que ella me confió su secreto…

—¿Entonces?

—Yo le retribuí el placer que me dio, tatuándole en

121

un seño la imagen sagrada. Ese fue mi error. Ella no era merecedora de esa imagen. Cuando llegamos a Buenos Aires, sus juegos sexuales tomaron dimensiones perversas que no pude controlar. Nos separamos, y supe que entró a trabajar como niñera con una familia.

Impasible, hizo un silencio corto.

—Se hizo amante del dueño de casa, y al poco tiempo el hombre murió en circunstancias dudosas. Ella quedó al cuidado del niño.

—¿Y la madre del chico? —preguntó Mario, intrigado.

—¡Ah!, yo siempre me pregunté lo mismo… Parece ser que heredaron una fortuna cuantiosa del padre, y la madre tuvo que ocuparse de todo. Viajaba constantemente, sin comprender quién se quedaba con su hijo.

—¿Y qué fue de esa mujer, de la niñera?

—Ella murió en un accidente, en la misma casa. Estaba sola con el chico. La madre, después de eso, lo internó en un colegio pupilo… De allí se escapó y, siendo adolescente, vino a verme.

—¿Cómo supo de usted?

—La mujer le había contado que yo la tatué…

—¿Y qué quería de usted?

—Era un hombre muy bello, pero terriblemente perturbado. Poco a poco, fue logrando contarme los juegos perversos que la mujer practicaba con él.

—Pero entonces, el chico…

—Sí. El deseo de ella terminó trastornando la mente de ese niño.

—¿Y usted qué hizo con él?

—Reconozco mi culpa. No pude hacer nada. Revivía mis propios recuerdos y veía cómo la historia se re-

122

petía en él. Su imagen me desquiciaba, porque me recordaba mi propia ambigüedad.

Cao regresó al silencio.

—¿Qué fue del chico? —preguntó Mario.

—El me dijo que quería aprender del tatuaje y el manejo del placer... Sé que viajó a Oriente.

—¿Desde ese momento hasta ahora, nunca volvió a saber nada de él?

—No. Siempre creí que, con la asimilación de nuestro conocimiento, habría purificado su mente, pero por lo visto, antes de concluir su aprendizaje, se perdió en el camino...

Mario, entonces, hizo la pregunta que más anhelaba:

—¿Cómo se llama?

Cao no dudó.

—Axel Gerber —dijo.

Después de cortar, Cristina se había quedado con los puños apretados. La furia le comía el cuerpo. No pasó ni un minuto, antes de que el teléfono volviera a sonar. Impulsiva, lo levantó para gritar:

—¡Hijo de puta!

Del otro lado de la línea, Rogelio susurró, sorprendido:

—Soy yo...

Ella le reconoció la voz y trató de recomponerse rápido. Le pidió disculpas, y él le preguntó a quién estaba puteando.

—A un pesado que llama por teléfono para hacer bromas estúpidas...

—¿Con quién estás?

—Sola, con quién voy a estar...

Voy a verte…

—¿A esta hora? Son las dos de la mañana… ¿para qué?

—Estoy en la calle, cerca tuyo. Quiero verte…

—Bueno, vení.

Se vistió con unos jeans, remera y zapatillas. Colgó la blusa y el trajecito de una percha, y lo guardó en el placard. No quería que él lo viera. El timbre del portero eléctrico sonó antes de lo que ella esperaba. "¿Abrió?, bueno". Puso agua para el mate, cambió la yerba y llevó la azucarera hasta la mesita. Ubicó las sillas un poco separadas, como para sentarse, y estiró la cama con las manos. El segundo timbrazo la llevó a abrir la puerta. Contra todos sus planes, Rogelio se sentó en la cama. Parecía estar muy preocupado.

—¿Me podés explicar lo que te pasa? —dijo ella.

—Vos, explicame a mí —contestó él.

—No tengo por qué decirte nada. ¿O acaso sos mi novio, para confesarte cosas?

Lo miró con fuerza, de frente, casi desafiándolo. Rogelio no sabía cómo contestar una mirada así.

—¿Y si lo fuera? —dijo.

Cristina se calló, por compasión. El insistió, con más rudeza, poniéndose de pie:

—¿Y si lo fuera, me contarías?

—No digás pavadas.

Se aproximó a la mesada, seguida por él. Echó el agua caliente en un termo, se dio vuelta para salir y él la atrapó con firmeza entre sus brazos, y comenzó a besarla. Como una obligación de su cuerpo, como un pedido de la mujer que había en ella, lo dejó hacer. Aunque fuera para saber si el cuerpo de Rogelio, despertaba en ella una mínima parte de lo que la voz del otro había causado. Hasta que palpó torpemente sobre su remera, entonces le gritó "basta".

—¿Por qué, basta?

—¡Porque no quiero, Rogelio! No quiero, y que te quede bien claro, si no querés que terminemos mal. Entre vos y yo, nunca va a pasar nada.

Ruth pidió café con leche para los dos, con tostadas y mediaslunas. El reloj de la confitería del hotel marcó las nueve en punto de la mañana.

—Axel… se llama Axel… —no se cansaba de repetir.

Mario asintió, añadiendo:

—¿Con lo que ahora sabe de él, está segura de querer volver a verlo?

—Sí, claro que sí… La única diferencia entre Axel y nosotros, es que él se atreve a vivir sus zonas oscuras…

—Sí, y pronto me va a decir que es un tipo admirable…

—No soy necia. Sé que estamos jugando al filo de la navaja; pero para mí, vale la pena.

—Ojalá no se arrepienta…

—¿Y desde cuándo usted se interesa por la suerte de sus clientas? —le dijo, con humor.

—Desde un tiempo a esta parte, estoy pensando que este oficio mío es una basura…

—Ve, usted también está explorando una zona oscura…

—Sólo que yo no ando por la vida jugando con las debilidades de los otros, hasta destrozarlos…

—¿Seguro, Mario? ¿Seguro que no?

La moza apoyó la bandeja sobre la mesa, y ellos

apartaron sus cuerpos hacia atrás. Puso las tazas, dos vasitos con jugo de naranjas, los cubiertos y los platos con las facturas y tostadas. También agregó un pote de manteca y uno de dulce. "¿Algo más?", preguntó. "Nada, gracias", contestó Ruth, y volvió a dirigirse a Mario, que revolvía su café.

—¿Sabe qué es lo que me maravilla de Axel? —dijo—; olvídese de mi… digamos… fijación con él y la idea del placer…, ¿sabe lo que me da vueltas en la cabeza? Que el parece entender, en forma intuitiva, lo que nosotros estamos desesperados por recibir.

El la interrumpió, irónico, mientras untaba una tostada.

—¿Como un misionero, no? ¿Cumple una labor terapéutica, no? ¿Pero Ruth, qué dice? Por Dios… que este hombre es Papa Noel, con los regalitos de Navidad…

—Mario, si usted piensa seriamente lo que le digo, puede ser una pauta muy interesante para cuando se acerque a él nuevamente…

—Usted se olvida que me contrató para encontrarlo, para decirle quién es y dónde vive. Bueno, quién es ya lo sabemos… En las próximas 24 horas, pienso averiguar dónde vive, darle a usted ese dato y olvidarme del caso para siempre.

—No creo que pueda hacerlo tan fácilmente.

—¿Qué, localizarlo?

—No, olvidarse de él.

Salió del hotel aturdido, queriendo sacarse el problema cuanto antes. Lo iba a rastrear en la guía, y listo, a cobrar. Paró un taxi.

La guía tenía muchos Gerber; tardó una hora y cuarto en conseguir una pista, en el barrio de Belgrano.

—¿Familia Gerber?

—Sí, este es el teléfono de ellos.

—¿Es la casa de Axel?

—No. Es decir, sí, pero ellos no viven más aquí. ¿Quién habla?

—Soy el primo de los Estados Unidos… Hace años que no volvía a la Argentina, y tenía este teléfono…

—Mire, desde el accidente de la señora, que ella no vive más acá…

—¡Ah!, ¿murió, la señora?

—No. Está internada.

—¿Y Axel?

—No. Axel ya se había ido de aquí, mucho antes. Yo acompañaba a la señora, y ahora me quedé acá…

—¿Pero, lo ve a Axel?

—No. Sé que él visita a su madre en el Sanatorio…

—¿En qué Sanatorio?

—¡Ay! No sé…

—Señora, por favor, para mí es muy importante verlos; imaginesé, es la única familia que me queda…

—A ver, espere un minuto que le pregunto a mi marido.

Mario cruzó los dedos.

—Sanatorio "De La Anunciación". ¿Cómo me dijo que se llamaba?

Era de mañana, cuando se despertó de la pesadilla. El sol se filtraba como cientos de brillantes besos alineados en la pantalla de la persiana. El sueño partía de allí mismo, desde la cama, y se concentraba en su pezón tatuado. "Todavía no, todavía no", estaba diciendo Cristina, sin advertirlo. Se lavó la cara refregándola con ganas, como para no volver a soñarlo nunca.

Después salió a hacer las compras; necesitaba conseguir un libro de tatuajes —terminó adquiriendo dos, en una librería de usados en la calle Corrientes— y algunos artículos referidos al tema (hierbas, tintas, agujas, cañas de bambú, frasquitos vacíos, etc.), que consiguió en una casa especializada. Volvió a su departamento con dos bolsas en la mano, preparada para ponerse a estudiar.

9

—Buen día, señor, ¿qué desea?

—Quiero que te ganes la propina más grande del mes…

Axel sacó un billete de cien pesos y se lo mostró. Ella apoyó la bandeja sobre la mesa.

—No entiendo —dijo, confundida.

Axel sacó el segundo billete de cien y los tapó con una foto de las que había obtenido el día de la exposición. En la foto aparecía Ruth conversando con Mario.

—Necesito saber quién es el hombre que está con la señora Juncal…

La moza levantó la foto, dejando el dinero al descubierto. El dobló los billetes y se los metió en el bolsillo del delantal.

—Sé que se llama Mario… Ella siempre lo llama Mario…

—Necesito el apellido.

—No lo sé.

—¿Cómo te llamás?

—Gloria.

—Gloria, soy periodista de una revista de… bueno, chimentos, romances, ¿entendés? Necesitamos saber el nombre y apellido del tipo para jugar, viste, en la foto, como si fuera un romance de ella con un tipo joven. Titular tipo: "Conocida empresaria ingresa al club de los romances con hombres menores".

Axel se rió junto a Gloria. Ella dijo "esperame un minuto", y agarró la bandeja para ir a la barra. Preguntó algo y se metió por una puerta. Al rato vino, corriendo.

—Tuvo suerte porque estaba la asistente del conserje, que es reamiga mía. Ya tengo el dato.

—¡Sos bárbara!

—Se llama Mario Goytía, y aunque usted no lo pueda creer, es investigador privado.

—No te puedo creer —fingió—, ¿investigador privado? ¿Qué hará Ruth con un investigador privado? ¿Será el novio, realmente?

—Ya eso corre por su cuenta… ¿Cuándo va a ser publicado?

—Creo que mañana mismo. ¿Vos trabajás aquí de mañana?

—No, todas las semanas cambio de turno… Pero ésta sí, estoy de mañana…

Mario se dirigió a la mesa de entrada. Desde el cartel, la enfermera llamaba a silencio. Pasó una camilla con un chico, y una mujer que esperaba en la sala, se apuró para levantarse.

—Disculpe —dijo él—, la Señora Gerber, que está internada aquí…

—¿Cuál es el primer nombre? —dijo la recepcionista.

La sorpresa lo dejó dudando.

—¡Qué vergüenza, es mi tía y no lo sé! Yo vivo en Estados Unidos y hace dos años que no veo a esta parte de la familia… por favor, usted no diga nada… sé que hace un buen tiempo que está internada… —dijo, haciéndose el cómplice—. ¿Cómo se llama? Sí, Gerber, con G…

La señorita buscó en la computadora.

—Gerber, Estefanía Inés… Pero, mire que a esta hora no se permiten visitas.

—Vengo de tan lejos…

—Es el reglamento y hay que cumplirlo…

—¿Qué cuarto es?

—Se lo digo, pero no puede subir ahora… además, la supervisora de piso no lo va a dejar pasar, hasta las 17:00…

—Bueno, igual falta poco. ¿Qué cuarto es?

—202.

A las 17:05 ya estaba hablando con Nelly.

—…Así que, desde entonces, ella no volvió a recobrar la conciencia… —explicó ella.

—¿Y el único que la visita es su hijo?

—Sí. Yo pensé que no tenían ningún otro pariente, hasta que ahora lo conozco a usted…

—¿Cómo me dijo que se llamaba?

—Nelly. Hace treinta y siete años que soy enfermera en "La Anunciación".

131

—Toda una vida, ¿eh? ¿Puedo pedirle un gran favor?

—Si está en mis manos, cómo no…

—Axel ni debe acordarse de que nosotros existimos, mi padre y yo, en los Estados Unidos. No sólo por ser parientes lejanos, sino porque, aún cuando vivíamos aquí, nunca nos veíamos… No por nada en especial; ¿vio eso de que uno, justamente con los parientes, no se da bolilla?

—Sí, señor —contestó la mujer, comprensivamente—. Si sabré de eso… Imagínese las historias que he conocido aquí…

—Entonces, yo, en realidad, un poco por mi conciencia, quería saber qué había sido de la tía Estefanía y de Axel, después de tantos años, pero no sé si quiero verlo así de golpe, o si él quiere verme a mí…

—Entiendo: no quiere que le diga que usted estuvo.

—Usted es una mujer brillante, y se ve que sabe mucho del alma humana…

Ella agregó:

—¿Pero, sabe una cosa? El señor Axel es un ser maravilloso…

—No lo dudo.

—Yo creo que él estaría tan feliz de saber que usted vino al país y a verlo…

—Seguramente, pero deme tiempo… ¿Qué días suele venir él por aquí?

—Mire, prácticamente todos los días… Ya le digo, es un hijo ejemplar. Más bien tarde, a última hora… ¿Sabe? Siempre me hace un regalito…

Mario entendió la indirecta y sacó un billete de 20. Con disimulo explícito, se lo colocó en el centro de una mano y le cerró los dedos, tomándola entre las suyas. "Señor, no es necesario", acotó ella.

—Sí, Nelly, por su comprensión y por el secreto que guardamos...

—Bueno, lo hago por el secretito.

—Y para que me la cuide bien a la tía —completó Mario.

El deslizarse del pincel de Cristina trazó, en el papel, la mancha de un dragón. El quinto; rojo. Lo colgó con una scotch, entre el verde y el amarillo. Estaba estudiándolos, con el libro abierto, cuando el griterío se metió por la ventana de su balcón. Había abierto diez centímetros una de las hojas, para ventilar el departamento, y estaba por cerrarla, para que no se enfriara mucho. Eran las nueve de la noche. Los gritos se pararon cuando ella salió, gritando "¡Alto, policía!". Apuntó con el arma asegurada, para no disparar. Tres adolescentes salieron corriendo en la vereda de enfrente. Al ver al hombre caído, bajó. Llevaba el arma en la cintura; miró a los dos lados y hacia atrás. El hombre estaba con la cabeza hacia abajo, parándose. Ella se acercó con prudencia. La hoja de la ventana de su departamento había quedado abierta.

—¿Qué le hicieron? —preguntó—. ¿Quiénes lo atacaron?

—No sé, una de esas patotas... Se fueron por allá.

—¿Está muy mal? A ver...

Cristina lo tomó por un brazo, apoyándolo contra su cuerpo para que le cediera peso. Cruzaron la calle; en la puerta de su edificio había luz. Ella le tocó la

cara y oyó una queja breve. "Esto es un golpe, nomás, y esto otro también es superficial", dijo, señalándole la nariz ensangrentada. "De todas formas,
voy a llamar a una ambulancia; puede haber una lesión interna seria".

—No, no creo —la detuvo él—. Espere unos minutos, a ver si me recupero... fue un milagro que usted estuviera cerca, si no, quién sabe... hubiera sido más serio...

—¿No los conocía, no? —preguntó ella.

—No, fue para robarme...

—¿Le sacaron algo?

—Nada... eso los enfureció... querían que les diera
el reloj, y la campera.

—Se las aguantó bien, ¿eh?

—Soy un vasco terco y duro... No me van a robar
así nomás, tres mocosos de mierda. ¿Es verdad que es
mujer policía?

—Sí, ya estaba de civil y en mi casa, cuando escuché
los gritos... ¿Se acuerda de las caras? ¿Quiere hacer la
denuncia por agresión?

—No, deje. La verdad es que fue tan rápido, que
más que caras, me acuerdo de los pelos...

—Mire, yo vivo aquí, si quiere me espera, y yo llamo una ambulancia.

—Realmente... creo que no vale la pena —el hombre se limpió el rostro con un pañuelo, que quedaba
manchado—. ¿Sabe lo que quisiera? Si no es un abuso
muy grande...

—Diga, lo escucho.

—Me da vergüenza... pero necesito un baño.

—Entiendo. A ver, apóyese en mí.

Cuando pasaron adentro de su departamento, ella se disculpó.

—Es un poco chico, el lugar.

—¡Para mí, en este momento, es un palacio! —halagó él, sin dudar. Se notaba que estaba muy agradecido—. Necesito urgente el baño —agregó.

—Sí, disculpe. Es aquí. Si necesita algo, o se descompone, por favor llámeme.

—Sí, le agradezco.

Mientras lo dejaba en el baño, Cristina cerró la ventana y puso agua a hervir, para hacerle un té. Al salir, ella notó que se había deshecho el nudo de la corbata y lavado la cara. Todavía tenía agua en el pelo que daba sobre la frente y en el cuello de la camisa. "Estoy mejor, mucho mejor", dijo, y recogió su saco de la silla.

—Espere, no se vaya. Voy a darle algo caliente.

—En fin… Cuánta molestia… bueno, ninguno de los dos esperaba esto, ¿no?

—Seguro que no…

—Qué sabio es el dicho: "No hay mal que por bien no venga".

—¿Por qué lo dice?

—Con este disgusto, la conocí a usted…

Cristina sonrió, pero igual dijo:

—No creo que eso le compense el mal momento que pasó.

—Déjeme creer que sí —dijo el hombre, muy paternal—. ¿Cómo se llama, usted?

—Cristina, ¿y usted?

—Juan Domingo —ella se rió—. Sí, la referencia es obvia… Pero puede llamarme Juan. Es más, le pediría

135

que me llame Juan. Soy de familia vasca. Juan Domingo Telichea.

Ella llevó una pequeña tetera a la mesa, y dos tazas; las sirvió hasta los bordes.

—¿Es té con leche, está bien?

—Perfecto.

—Por favor, sientesé.

El hombre la miró, como intrigado. A Cristina le pareció que le costaba decir las cosas. Le preguntó por qué la miraba así, y él dijo:

—Perdón, es como… cuando uno sale de un túnel oscuro y ve una luz al final del camino… Usted es un ser luminoso, y yo hoy pasé un momento negro…

—Me alegra mucho haberlo podido ayudar.

—Más que ayudar, no quiero ponerme trágico, pero quizá me salvó la vida…

—Eso es demasiado.

—Déjeme, por favor, retribuirle…

—¿En qué?

—Déjeme invitarla a salir… a cenar… a navegar… tengo un pequeño barco…

—Creamé que no tiene que retribuirme nada… es mi deber y en absoluto tiene que…

El hombre la interrumpió:

—No, yo me expresé mal. No es retribuirle. Si usted aceptara salir conmigo, yo estaría profundamente agradecido.

Cristina lo observó con la vista fija. Era un caballero; parecía dulce, comprador… "Aparte, lindo", pensó.

—Está bien, acepto —dijo.

—Qué bien, no sabe cuánto le agradezco a esos borregos que me atacaran justo en su cuadra.

Ella sonrió, inclinando su taza para beber. El hizo lo mismo, y agregó:

—Aunque la gente que tiene que conocerse, lo hace de todos modos, ¿o no?

—Sí, supongo que sí —dijo Cristina—. La famosa casualidad…

—¿Cuándo puedo llamarla? —preguntó Axel.

10

Cristina siguió el taxi desde su ventana del cuarto piso. Estaba tan contenta, que atendió el teléfono despreocupada. Era el jefe, en su despacho. "¿En qué andás, nena?", preguntó.

—Ah, jefe... bien; en lo que usted sabe...

—Mirá, no sé lo que habrás hecho en estos días... Por el tiempo que te borraste, espero que hayas averiguado bastante...

—Bueno, tengo ciertos...

—No me importa tanto eso —interrumpió—, como que entiendas que me están presionando de arriba, para explicar algo de este tipo de los tatuajes...

—¿Cómo, de arriba?

—Sí, parece que en un programa de televisión están creando, cada noche, como una sicosis con este caso...

—¿Pero si la chica se salvó? —dijo Cristina.

—Sí, pero igual, consiguieron otra denunciante y la
llevaron al programa, y la mina declaró no sé cuántas
barbaridades…

—Pero, aunque lo identificáramos, no tenemos evidencias concretas para detenerlo…

—Escuchame, eso lo sabemos vos y yo, pero no lo
sabe la gente de la calle, y desde la televisión están cla-
mando por encontrar al nuevo Robledo Puch, al menos
por esta semana, hasta que aparezca un asesino serial
que valga la pena. Y si no lo encontramos rápido o no
avanzamos en el caso, los hijos de puta de los noticieros
son capaces de fabricar un crimen, para hacernos quedar como boludos… ¿entendés, Cristina?

—Sí, pero…

—Pero, nada. Metele y me llamás mañana.

—¿Jefe, y si no aparece ninguna evidencia en su
contra, más que la declaración de una loca?

—Entonces, si no aparece nada… pero realmente nada…, ¿entendés, Cristina? NADA… Entonces, sí, yo
atiendo a esta productora de mierda, que pide hablar
conmigo todos los días y, con mucha educación, le digo
que no hay pruebas en el caso, que hasta ahora es una
fantasía periodística, y si no le queda claro, la mando a
la reputísima madre que la parió… Pero para eso necesito CON-FIR-MAR, ¿estamos? Chau.

Mario no lo vio entrar al Sanatorio, aunque lo esperaba en su auto, porque se quedó dormido. Axel pagó
el taxi y subió corriendo las escaleras.

—Hola Nelly, ¿alguna novedad?

—Sí —dijo ella, pícara. Salió de atrás de su mostra-

dor y se acercó hasta él. Como en secreto, continuó:—
Tengo una sorpresa para usted…

El se quedó esperando.

—¿A que no se imagina quién estuvo hoy aquí?

—No.

—Su primo de Estados Unidos.

—¿Mi primo?

—Sí, su primo. El que usted no ve desde hace tanto
tiempo…

—Ah, mi primo…

—Me preguntó por su señora mamá, por usted; se
ve que está desesperado por verlo… pero tiene vergüenza.

—¿De qué?

—Usted entiende —dijo, queriendo mostrarse cómplice—, me contó esos problemitas de familia, que uno
siempre tiene… Y, bueno, se ve que tiene un poco cola
de paja… Me hizo prometer que no le dijera nada a usted…

—Claro, ya veo… por eso me lo cuenta.

—Es que yo lo conozco tan bien a usted. Señor, usted es un hijo excelente, y una persona tan noble…

—¿Y qué más le preguntó de mí?

—¿Cuándo venía? ¿A qué hora? Se ve que se muere
de ganas de verlo… Yo le dije que hoy a última hora,
era casi seguro que usted venía… Va a ver qué maravilloso va a ser cuando se encuentren…

—Sí, Nelly, va a ser maravilloso.

La visita duró apenas unos minutos. Estaba muy
preocupado; cuando salió, sabía que lo estaban siguiendo. Paró un taxi y le indicó la dirección de su casa. Mario lo vio salir, arrancó y se puso a una distancia pru-

dente. Axel se dio cuenta, tratando de girar la cabeza en forma imperceptible para el taxista y para Mario. Todo había salido muy fácil, para que se viniera a complicar ahora. Lo de Cristina, con esos adolescentes que lo atacaron por una propina… Todavía le dolía el mentón; se lo tocó. Las luces del coche de Mario se reflejaron un instante contra la luneta trasera del taxi, en el momento en que el coche que iba en medio, estacionó junto al cordón. "Acá", dijo Axel. El taxista detuvo el andar. Entró a su edificio fingiendo tranquilidad. Mario estaría parado en la vereda de enfrente. Apretó el botón del 5º piso. Salió a su hall privado, y abrió la puerta. El departamento estaba preparado para ser un cartel luminoso indicándole su lugar al detective. Prendió todas las luces, corrió las cortinas del gran ventanal y salió al balcón. Su hombre estaba ahí. La primer mirada fue distraída; un panorama. Después le clavó los ojos. "Ya sé que vos sabés", le estaba diciendo. Mario, entendiendo que fue descubierto, primero trastabilló e intentó ocultarse. Pero un segundo después, cuando comprendió que su reacción era en vano, irguió su espalda para mantenerle la mirada con la cabeza bien levantada. El desafío entre ellos, estaba planteado.

—¿La oficial Cristina, estará?

—¿Cristina Medina? —contestó el oficial. Axel pensó en lo horrible que era una comisaría, más aún de día.

—Sí.

—No. Todavía está de licencia.

Una mujer policía se acercó al mostrador. Era gordita, estaba con el uniforme puesto y el pelo atado en un rodete. "Salgo media hora y vuelvo", dijo, y el oficial la paró.

—Mirá, Yamila, este señor busca a Cristina. —Y, dirigiéndose a él—: La oficial la reemplaza por estos días.

—Mucho gusto —Axel extendió la mano, y ella respondió su saludo, apartándolo a un costado, para dejar libre el mostrador.

—¿En qué puedo ayudarlo?

—En nada, gracias. Soy un amigo de Cristina, del interior, de la ciudad de General Pico, y cada vez que paso por Buenos Aires, la saludo…

—Lamento que no esté. Hace unos días se tomó licencia.

—¿Pobre? ¿Estará enferma?

—No sé, no creo. ¿Usted no tiene su dirección?

—Sí, la debo tener anotada, pero dejé mi agenda en el hotel…

—Va a tener que esperar hasta que llegue el jefe. Yo no estoy autorizada a dársela, pero si quiere volver después…

—Gracias, pero no es tan importante…

Axel sonrió; ella acusó su sonrisa con otra.

—Mire, si supiera para qué vine… me da vergüenza decirlo…

—Quizás pueda entenderlo.

—Como buen pajuerano que llega a la Capital, me da curiosidad todo… y Cristina me había dicho que viniera temprano, que me enseñaría la comisaría por dentro…

—¿La comisaría?

—Bueno, la parte de las cárceles… las celdas, quiero decir…

—¡Ah, bueno!, pero le aseguro que se va a decepcionar.

—No, si… es más bien, la idea que uno se hace de una celda…

Yamila lo miró atentamente, un poco como si estuviera loco, otro poco interesada.

—¿Quiere que yo le muestre? —preguntó.

—De mil amores —dijo Axel, deleitándose con la situación—. Para alguien del interior como yo, que una mujer hermosa como usted le de un poco de… su tiempo, es una cosa increíble.

—Bueno, venga. De todos modos, me tomaba un rato libre… Pero tenemos que salir y volver a entrar por la otra dependencia, porque en este momento las celdas están vacías.

—¿Por falta de presos?

—Ojalá. Estamos tirando paredes y refaccionando. Entonces no hay nadie, pero si no le da miedo venir conmigo, le muestro…

—Mientras no me deje encerrado.

El patio era un cuadrado cubierto de madreselvas, con una fuente circular en el medio. Mario seguía a Cao en su peregrinación cíclica.

—Escúcheme, Cao —le discutió—, yo he seguido casos muy pesados y… bueno, como si nada… es decir, sabiendo las porquerías que hacían los tipos que yo investigaba, pero sin que me hicieran ningún efecto…

—Esto es diferente a sus casos de estafa, robo o adulterios —refutó Cao—. En este momento es su emoción la que está en juego… su equilibrio…

143

—Yo siempre fui equilibrado…

—Mario, Mario… Nadie que viva de lo que usted hace, puede estar equilibrado… y usted cree ser un hombre que controla sus emociones; pero yo, después de diez minutos de hablar con usted, le puedo asegurar que no…

Se agachó para contemplar un helecho, y continuó:

—Cada día que avanza la búsqueda de Axel, hay algo suyo que surge a la superficie. Y eso que surge, a veces puede ser muy feo… Cuando entramos en contacto con gente enferma, pero enferma de aquí —se tocó el pecho—, brota en nosotros nuestra propia enfermedad…

—¿Qué quiere decir? ¿Que yo también soy un psicópata, por estar siguiendo a un psicópata como éste?

Cao colocó su mano sobre el hombro de Mario.

—Escuche y trate de entender… —dijo—. A veces, debemos sumergirnos en determinadas cosas, por más terribles que estas sean, para poder después librarnos de ellas. Recuerde que nosotros vibramos en la frecuencia que elegimos… Como si fuera una radio, usted puede elegir AM o FM. No es que una sea buena y la otra mala. Sólo que, si estamos escuchando una, no podemos conectarnos con la otra. Haber conocido el caso de Axel, ya significa estar vibrando en una frecuencia de alteración emocional muy honda… Involucrarse con él, lo puede llevar a vivencias mucho más fuertes aún. Terribles, le diría yo…

Mario detuvo su andar, para preguntarle qué le aconsejaba.

—Yo no puedo aconsejarlo —dijo Cao—. Yo no tengo la evolución necesaria para aconsejarlo. Conéctese con su interior… Pida una respuesta, pero pídala con humildad, con fe… y esa respuesta va a llegar.

—¿Dónde se compra la fe?

—Usted bien sabe que eso no se compra… Todos la tenemos. Trate de encontrarla pronto.

"YAMILA-MUJER POLICIA-BUENOS AIRES".

Axel cerró la libretita y marcó un número en el teléfono. Estaba tirado en la cama, descalzo y sin el saco. Cristina tardó un rato en atender, hasta que al final su voz sonó del otro lado del cable.

—Sí… —dijo ella.

—Cristina, Cristina —repitió él, acelerado.

Las palabras de ella salieron temblando de su boca.

—¿Qué? —preguntó.

—Cristina, fui a verte… Fui a verte, hoy.

—¿A dónde?

—A la comisaría. Fui a verte.

—¿Para qué?

Axel se dejó llevar por su imaginación, suelto.

—Tenía que verte, después de nuestra charla del otro día… ¿Te acordás, no?

Ella no respondió.

—Yo quedé muy perturbado… Sintiendo tantas cosas de golpe… Y hoy me desperté y supe que tenía que verte…

—¿Y por qué en la comisaría?

—Para que vos decidieras qué hacer conmigo.

La frase no parecía la de un arrepentido.

—¿Estaba decidido a entregarse, a confesar? Se da cuenta de que, en ese caso, quedaría detenido…

—Cristina, quiero entregarme... pero a vos. Quiero confesarte a vos esto que me pasa; y si vos creés que lo que despertás en mí es prueba suficiente para detenerme, encerrarme y lo que se te ocurra hacer conmigo, está bien... Lo acepto... Pero quiero que vos decidas eso...

—Usted no sabe lo que dice... Yo no soy quién para decidir.

—Cristina, cuando vos no estabas en la seccional, esta mañana, me pasó algo. Bueno, siento que debo decírtelo ya mismo, para evitarle un problema a una compañera tuya.

—¿De qué habla? ¿Qué compañera?

—Yamila. La mujer policía, que estaba en tu lugar, hoy.

El timbre de su voz cambió, ahogada por la preocupación.

—¿Qué pasó con Yamila? —dijo.

—Yo no tuve la culpa —alegó él.

Cristina se sintió mal de golpe.

—¿La culpa de qué? —preguntó, y oyó su explicación sombría—. Ella me llevó a un costado de la comisaría. Viste, al lado, donde están las celdas... —Axel hablaba despacio para que ella entendiera todo de la mejor forma posible, acusando con hipocresía su angustia por darle pronto la mala noticia.— Me llevó con la excusa de mostrarme las celdas por adentro y, aprovechando que no había nadie, porque viste que ahora están vacías... ¿Me escuchás?

—Sí... —esperó ella. El corazón la golpeaba en el pecho.

—Entonces, ahí me dijo que... bueno, me dijo que... Me pidió que le hiciera el amor...

146

Cristina se llevó una mano a la cabeza, como si un estruendo acabara de reventar adentro.

—Me lo pidió de una forma… no sé, entre autoritaria y desesperada. Seguro se puso celosa o estaría intrigada, porque yo te iba a buscar a vos…

—¿Donde está ella? —preguntó, al borde de la resignación y el llanto.

—Ahí —contestó él—. Ahí mismo. Si te apurás, la vas a encontrar todavía en su celda, dormida…

—¿La anestesió?

—Sí… Ya que ella consiguió de mí todo lo que quería; vos sabés qué es lo que yo pienso, que si les doy placer, después me merezco lo mío.

—No. No puede ser verdad.

—¿Qué, Cristi?

—Es una mujer policía.

—¿Qué tiene? ¡Y vos también!

—No se habrá atrevido a…

—¿A qué, Cristina, a qué?

—A tatuarla.

—¡Ah! —desestimando sus palabras—. Me tenías preocupado pensando qué cosas tenías en la cabeza…

—¿La tatuó?

—Sí, pero poco… y te digo que bastante mal. Fué tan rápido, que no es una obra de arte. Es que me agarró tan desprevenido, en un lugar tan insólito… La calentura de esta mujer era atroz. Y yo, que lo único que quería era irme rápido, y no podía dejar de pensar en vos…

—¿Ella… está… bien…? —preguntó Cristina, temiéndole a cada palabra.

—Sí, pero dormida. Cristina, yo recién pensaba.

Esa mujer se excedió. Se ve que captó lo que hay en mí y se zafó. Te digo que gozó como una loca. Si me mirás las manos, vas a ver las marcas que me dejó con los dientes, cuando mordía fuerte para no gritar… Pocas veces me tocó una mujer que gozara tanto. Hasta yo me sorprendí.

—Sos un hijo de puta… —largó ella, con furia—. ¡Sos el peor hijo de puta que conocí en mi vida!

—¡Cristi, me estás tuteando!

—¡Sos un cínico! No te creo nada de lo que dijiste…

—No me creas a mí. Andá a preguntarle a ella. Pero apurate, así tirada, tatuada y con la leche cayendo… Eso sí, ninguna violencia. No creo que la pobre Yamila tenga un gran futuro en la policía.

—¡Te juro que te voy a hacer tragar todo esto! —gritó.

—Sos tan injusta conmigo —susurró Axel—. Si vos hubieras estado, ella no se habría atrevido a pedirme nada…

—Donde tenga una sola marca de violencia, no voy a parar hasta arrastrarte yo misma, de los huevos, a la cárcel —masticó las palabras hasta que se le deshicieron adentro de la boca.

Después se puso el tapado, salió a la calle y paró un taxi. El auto la dejó en la puerta del sector de celdas. Ciega de odio, recorrió el sórdido pasillo dando pasos estirados y enérgicos. "No puede ser", pensó. La celda tenía las rejas abiertas. Contra la única pared revocada, se arrimaba el camastro con Yamila desnuda y una frazada caída a sus pies. También había un balde con mezcla endurecida, una regla de obrero y el uniforme de ella doblado sobre un caballete.

—¡Despertate, Yamila, despertate! —Cristina comenzó a zamarrearla. Rodeando el pezón izquierdo de su amiga, en un trabajo rápido y desprolijo, el permanente dragón se enroscaba en la rosa.

—¡Reaccioná, pedazo de estúpida! —la cachetada le marcó la cara. "Estúpida de mierda"; no se cansaba de repetirle, mientras la sopapeaba. Yamila fue recobrando el conocimiento paulatinamente, mientras Cristina la sentó para buscarle marcas en la espalda, algún corte o lesión. La vio parpadear, semidopada. Revisó su cuello y sus nalgas, con desesperación. Yamila, al sentirse manoseada, se molestó:

—¿Pero, qué hacés? No me toques...

Cristina explotó.

—¿Qué? ¿A mí me decís que no te toque? —gritó—. ¿Por qué no le dijiste a él que no te tocara? ¿Por qué no le dijiste a él que no te cojiera, como a una puta más, de esas que agarra...?

—¿Qué sabés vos? ¿Cómo sabés? —reaccionó.

Cristina la soltó, desilusionada. No había ninguna marca, además del tatuaje.

—Agradecé que yo sé... Y pude verte antes que los otros. ¿Qué pasaba si Rogelio, o el jefe, te veían primero? Pero, qué pedazo de boluda... ¿Cómo no te das cuenta con quien te metés? ¿No ves lo que te hizo? —enseñándole la figura del dragón, con un gesto mezcla de desprecio e ironía—. ¿Valía la pena gozar como loca, eh? Valía la pena coger con un desconocido acá... en una cárcel, arriesgando el puesto, la vida...

Yamila se deshizo en lágrimas.

—¿Pero, qué le viste? —continuó retándola—. Decime, qué le viste... ¿Cómo pudiste ser tan imbécil? Realmente, merecés que todos se enteren, y te echen...

Cristina negaba con la cabeza, avergonzada por su amiga, por lo que le estaba pasando...

—No, por favor, no —rogó su amiga—. No se lo digas a nadie. No sabés cómo me siento... Te lo pido por favor, si ellos se enteran, me echan de la policía... Necesito el trabajo... La policía es todo lo que tengo.

—Entonces, aprendé a cuidarlo. Como mujer me da vergüenza que hayas sido capaz de esto...

Yamila se abrazó a su cuerpo, humillada.

—Así que un fulano cualquiera se presenta buscándome a mí... a tu amiga... y termina abusando de vos, que sos una mujer policía con experiencia, con calle, con... mierda en la cabeza... No lo puedo creer...

Mortificada por lo ocurrido, y acabando de darse cuenta de todo, le imploró:

—Perdoname, nunca pensé que... Y ahora esto...

Yamila se palpó el tatuaje. Cristina le alcanzó la ropa para que se vistiera, agregando, furiosa:

—Yo estoy siguiendo a este hombre. Por eso se burló de mí, haciendo esto con vos. ¿Estás segura que no tenés signos de violencia?

—No creo... —contestó, sabiendo cómo había sido tratada—. Si querés te ayudo a agarrarlo... —completó.

—No —dijo Cristina, con firme convicción—, esto ya se convirtió en algo personal. Este hombre está a punto de dar un paso en falso, y ahí voy a estar yo, cayéndole encima.

Yamila se abrochó la chaqueta, con la pollera puesta. Tenía el rodete deshecho, y el rimmel corrido de tanto llorar.

—¿Entonces, no le vas a contar esto a nadie? —preguntó, ingenuamente.

—No. Bastante peso vas a tener cargando esa mierda en el cuerpo por el resto de tu vida.

Axel tocó un timbre y salió corriendo a ocultarse en el rellano de la escalera. Nadie respondió. Volvió hasta la puerta. "Mario Goytía", leyó en el cartel, "investigador privado". Repitió la operación una vez, comprobando que allí no había nadie. Sacó de su bolsillo un manojo de ganzúas y una tarjeta plástica. Abrir la cerradura le llevó siete segundos. Adentro, encontró un caos ordenado para el que no estaba preparado. Parecía que había pasado un ciclón, y alguien hubiera vuelto a disponer cada cosa en el sitio anterior, aunque estuviera rota. Los libros, la lámpara, el sillón. La agenda, despegada de las tapas de cuerina negra, sobre el escritorio, al lado de una foto doblada en dos. Mario y una mujer, abrazándola, feliz. "Por algo me gustás... Vos también sos un sentimental", pensó. Pasó las hojas de la agenda. "Enviar recibo de cuotas pagas a Marta", leyó. "Hablar con Marta". Intrigado, buscó en la agenda marrón, el índice telefónico. A la lapicera que tomó del secretaire le faltaba un pedazo. Arrancó una hoja del calendario, del día 13 de diciembre. Estaba terminando de anotar lo que le interesaba, cuando oyó el movimiento de una llave entrando en la cerradura. El frío le caló la sangre. Rápidamente, antes de que los recién llegados encendieran la luz, salió al balcón. El ruido de la puerta al abrirse, disimuló la cerrada del ventanal. Mario puso dos vueltas de llave. Se quitó el sobretodo, y colgó también la campera de Clarisa.

—¿Qué te sirvo? —oyó Axel que le decía, apretado en la pequeña porción de muro pegada a la reja. Ella contestó que no quería nada, porque había tomado durante todo el día. Se escuchaba todo, hasta el ruido de los hielos golpeando en el vaso de Mario. Trató de acomodarse entre las macetas de plantas ralas. Un cactus amenazaba su pie izquierdo, apoyado sobre la reja. El balcón vecino distaba apenas medio metro y las plantas parecían crecer con mejor salud. Axel pensó en pasarse, y de allí saltar a una terraza con enanos de cemento. Calculó que habría más de tres metros entre piso y piso.

—Gracias por venir —dijo Mario.

—¿Cuál era al apuro? —preguntó Clarisa, intrigada. Las voces le llegaban perfectas, aunque ellos caminaran o le dieran la espalda a la ventana.

—Ganas de estar con vos y explicarte lo que me está pasando…

—¿Y por qué a mí? Si seguís tan enamorado de tu esposa, ¿por qué no se lo explicás a ella?

—Porque, justamente, con Marta no puedo hablar… en cambio, con vos, sí.

—Conmigo, lo único que hacés es hablar —retrucó.

Mario hizo un silencio de molestia, que Axel interpretó como una herida.

—Perdoname… no quise decir eso… —se disculpó ella—. No quise herirte, pero… bueno… No podés buscarme sólo para desahogarte, de lo perturbado que te tiene este caso de mierda... Por qué no me sacas a otro lado, a reírnos, a bailar, a respirar otro aire, a hacerme creer que te interesa mi compañía... No te das cuenta que te quiero, que no importa tanto que no puedas hacer el amor conmigo. Lo que me duele es que no intentes hacerme parte de tu vida... Ni yo misma me doy cuenta por qué te quiero...

—Clarisa...

—No, Clarisa no, idiota... No me trates con compasión; pensá en cuántas mujeres te dirían esto, y pedirían estar con un hombre que ni siquiera es su amante, ni su amigo... Yo sé que merezco compasión, pero vos también. Vos también merecés compasión...

La mujer comenzó a sollozar. Axel oyó que él acercaba el sillón a la ventana. Nervioso, se apretó lo más que pudo contra la baranda del costado, como si quisiera pasarse al otro balcón, de un momento a otro. De entre las cortinas del departamento de al lado, salió un nene con un triciclo. El nene, de unos cuatro años, se detuvo entre las macetas pintadas de colores, al ver a Axel escondido que lo saludó, pidiéndole silencio con el índice sobre sus labios.

Adentro, la pareja seguía hablando. Clarisa se acercó a la cortina que daba al ventanal.

—Te juro que estoy cambiando —dijo él—. Todo este proceso que empezó con mi separación, y siguió en pocos días, con el suicidio de mi clienta, el ataque que recibí y ahora lo del hombre de los tatuajes; todo esto me está afectando profundamente... Yo sé que lo que pasó no se puede borrar; pero... estoy tan confundido...

El nene chocó una maceta con la rueda de adelante.

"¿Vos estás jugando a las escondidas?", le preguntó. Axel afirmó con un golpe de cabeza. "¿Puedo jugar yo también?". Con un hilo de voz, le dijo:

—Sí, pero esperá un ratito.

Mario continuó impasible.

—Te juro que en este momento me importás, Clarisa… por todo esto, por lo que sabés de mí y, porque además, estás llorando… Claro que quisiera poder hacerte el amor… Quizás, si logro acallar todo este barullo en mi cabeza…

Axel oyó que el llanto de ella se apagaba contra el cuerpo de Mario. El nene volvió a golpear la maceta con la rueda de triciclo, impaciente.

—¿Y por qué el caso de este hombre te perturba tanto? —preguntó ella. Axel prestó atención.

—Me lo pregunto a cada rato… Debe ser que él maneja con tanta facilidad aquello que, para mí, es una traba psicológica muy fuerte.

—¿El sexo?

—Sí, pero no sólo el sexo. Es la forma en que su cuerpo responde a su mente en forma instantánea.

—Pero ese tipo es un enfermo, un perverso —insistió Clarisa.

—Sí, pero con un grado de coherencia genial en lo que trama.

Axel, desde su posición forzada, sonrió.

—Si vos sentías repulsión por él…

—Ese es el caso. No puedo dejar de sentir emociones muy extremas al mismo tiempo, cuando pienso en él. Entre el asco y la fascinación hay una línea muy sutil en mi mente, y paso de una sensación a otra tan rápido, y tantas veces…

La sonrisa de Axel movilizó al chico, que dijo:

—Si no me dejás jugar, le voy a decir a mi mamá.

—Esperá un poquito, por favor…

El triciclo se movió hacia atrás, hasta la hoja del ventanal abierto por el que había aparecido, y del que ahora sobresalían esponjosas telas. Con su peor cara de enojado, gritó:

—¡Mamá, vení!

Clarisa corrió la cortina, inesperadamente. El tobillo de Axel se clavó, tenso, en el cactus. El nene seguía gritando y, al ver que la madre no le contestaba, entró. Las dos piernas de Axel pasaron la línea del vecino, se enredaron un poco en el triciclo vacío y volvieron a saltar sobre la otra baranda. En el aire, su saco se infló como una capa. Los pies acusaron el impacto con un dolor inmenso, que lo derribó contra las baldosas. Antes de buscar una salida, verificó que no se le hubiera roto ningún hueso. La madre del nene salió al balcón, encontrándose con Mario y Clarisa. Se disculpó por el griterío, explicando que el hijo decía haber visto un hombre escondido… Mario lo miró, extrañado. El nene gritó:

—¡No era él, era otro!

Axel subió al taxi. Aún le dolían los pies y las piernas. Puso una cara que no pasó desapercibida para la conductora, que esperaba una sonrisa o una dirección. Cerró la puerta e intentó salir del paso. La chica tendría 25 años y cara de muñeca.

—¡Qué hermosa sorpresa —dijo él, tratando de sonreír—, una chica al volante!

—Espero que no lo diga con ironía, porque manejando soy mejor que muchos hombres.

Axel se miró en el espejo, pasándose una mano por el pelo. Levantó las rodillas rozando la espalda del asiento delantero vacío, en puntas de pie. Podía soportar eso. El dolor menguaba.

—No lo dudo —dijo—. Además, no lo dije con ironía. Ya otras veces me tocaron mujeres taxistas, pero vos sos, lejos, la más linda, la más joven y, seguro, la que mejor maneja.

La chica sonrió, divertida.

—Empezamos bien. ¿Adónde lo llevo?

Axel tomó aire.

—Mirá, iba a ir relativamente cerca —pronunció—, pero una oportunidad como esta no puedo dejarla pasar tan rápido. Así que dejame pensar algún lado bastante alejado al cual tenga que ir, así disfruto de... lo bien que manejás.

—Mirá, sos un lancero; pero gracioso, y con facha... así que pensá todo lo que quieras, y si no se te ocurre ningún lugar, no te preocupés, que yo, para dar vueltas, soy una experta...

—Podemos ir a Brasil —anunció, bromeando, Axel.

—¿Y por qué no a Japón? —reaccionó ella en forma súbita.

El rostro de Axel se ensombreció.

—¿Por qué dijiste eso?

—¿Qué cosa?

—¿Por qué dijiste Japón?

Ella alzó los hombros.

—Para soñar, mejor a lo grande —afirmó.

El auto se detuvo frente a un semáforo.

—Yo estuve en Japón —dijo él.

—¿Sí?

—Viví muchos años allí…

—¿En Tokio?

—No… Más que nada, en otra ciudad, Kyoto.

—Sí, de nombre la conozco. Ví esos documentales por televisión que mostraban ceremonias rituales y el mundo de los tatuajes.

—¿Vos viste eso?

—Escuchame, gano más como taxista que como maestra de artes plásticas.

—¡Sos una caja de sorpresas, nena!

El auto aceleró por Figueroa Alcorta, pasando delante de los parques, del Museo de Arte Moderno y la Facultad de Abogacía. Ella lo miró por el espejito y dijo, señalando el reloj que pasaba las fichas.

—¿Seguís sin indicarme a dónde querés que te lleve?

—Mirá, podía haberte dicho hace rato algo más directo; pero me intimidaste, viéndote tan linda, hasta con un título…

—Podés tener varios títulos y no saber nada. Al menos el taxi me dio título de observadora, de esta fauna que es la ciudad.

—¿Y qué observás en mí?

—Un tipo que está en lucha consigo mismo, por eso es tan seductor, como comprándose, así, el derecho a obtener lo que quiere.

Axel miró por la ventanilla y dijo, despreocupadamente:

—¿Y vos, te dejarías seducir por mí?

Ella dijo, también haciéndose la despreocupada:

—Desde el momento en que me hablaste al subir y yo me di vuelta y te contesté, esto fue una seducción mutua…

—¿Y ahora…? —preguntó él.

Ella detuvo el taxi. Dándose vuelta para verle los ojos, completó su pregunta:

—¿…elijo yo o elegís vos?

Axel no pudo sostener esa mirada.

11

Mario atendió el teléfono, tapando la bocina con la mano, para terminar de darle una indicación a Clarisa; después habló:

—Sí, Cristina. Por supuesto que la recuerdo... ¿Cómo consiguió mi teléfono?

—Me lo dieron en la Seccional de Peñaloza, donde usted ayudó con lo del caso Spinelli...

—Sí, con ellos nos hemos ayudado mutuamente en varias ocasiones. Ve como los investigadores ayudamos a la policía, en lugar de entrometernos.

Cristina esperó unos instantes, para seguir:

—Señor Goytía...

—Llámeme Mario.

—Mario, usted, el otro día... en la exposición, era obvio que estaba... investigando el caso de los tatuajes...

—Podríamos discutir eso de obvio, pero bueno, tampoco perdamos tiempo. Qué puedo hacer por usted, para que vea que no le guardo rencor por todas las cosas horribles que me dijo…

—No estaban dirigidas a usted.

—Obvio, acá sí podemos usar la palabra. ¿Usted me confundió con alguien muy indeseable, no?

—Necesito un dato clave de ese hombre…

—¿Qué dato? Por lo visto, ustedes tienen un identikit.

—Muy poco preciso. Cada denuncia, tiene una imagen diferente. Además, usted sabe que cambió su nombre en distintas situaciones…

—Cristina, ¿qué es lo que usted necesita?

—¿Podemos encontrarnos?

—Sí, cómo no. Espere que anoto.

Clarisa sirvió dos tazas de té. Lo estaba mirando muy fijamente, cuando cortó.

—Así que a mí no me llevaste —dijo, exagerando sus celos—, pero con ella estuviste charlando… en esa exposición.

—Está detrás del mismo caso —contestó él, con naturalidad.

—¿Qué quiere de vos?

—Seguramente, intercambiar datos…

—¿Qué puede tener ella que a vos te interese?

—Más bien, yo creo tener datos que pueden servirle a ella…

—¿Y entonces, en qué te conviene? —insistió ella.

—Por el tono de voz con que me habló, es seguro que ella sabe cosas que yo desconozco…

Las ropas de ambos estaban a medio sacar, desabrochadas y colgantes. Ella sobre él, penetrándolo impaciente con la lengua, mientras los dedos del hombre incursionaron adentro de su pequeña bombacha mojada. El taxi estaba estacionado entre un grupo de eucaliptos, en quién sabe qué descampado, pensó Axel. La lengua de ella le entraba y le salía de la boca como un émbolo blando y jugoso.

—¿Estás bien? —le preguntó.

—Sí... —dijo Axel, dudando—. ¿Vos estás segura que por acá no viene nadie?

—Segurísima. Una vez aquí cerca, yo venía en taxi, pero como pasajera, y el taxista trató de aprovecharse...

—¿Lo logró?

—No. Y hasta el día de hoy debe acordarse de lo que le pasó.

Axel se quedó quieto, endurecido por la intriga.

—¿Qué le pasó?

—Cuando la cosa se puso muy fea para mí, porque el tipo era grande, y llegó a pegarme, fingí que me dejaba. El tipo se calentó más todavía, y entonces...

—¿Qué?

—El tipo me obligó a que se la chupara... Y yo de repente vi todo oscuro. Como si algo me explotara en la cabeza... y lo mordí... muy fuerte... muy fuerte...

—¿Ahí? ¿Lo mordiste en la...?

—Sí. Nunca supe si se la arranqué del todo, o no.

—¿Y el tipo, qué hizo?

—Fué terrible, había sangre por todos lados. Yo me desesperé... el tipo se cayó de rodillas, sobre el asiento de atrás; yo me subí al auto y me fui.

—¿Con el auto de él, manejando?

—Sí, y lo dejé cerca de una comisaría. Y cuando llegué a casa, llamé por teléfono a esa comisaría y dije lo que había pasado y dónde estaba el tipo, pero no di mi nombre, ni me presenté a hacer la denuncia...

—¿Por qué?

—No sé, tuve miedo de que los policías se burlaran de lo que hice, o me manosearan ellos también. No sé, pensé que podía ir presa por morderle la pija a un tipo...

Axel largó la carcajada.

—¿Sabés que sos algo fuera de serie? —dijo.

—No estoy muy orgullosa de lo que hice...

—Pero era la única forma de evitar que...

—Sí —interrumpió ella—, por eso te traje acá y me voy a aprovechar de vos.

—Mientras no me la arranques...

Ella se puso a besarle las tetillas, sobre el asiento reclinado. Al hacerlo, aprovechó para apartarle la camisa de los hombros, corriendo la tela con la boca. Axel le preguntó cómo se llamaba. Ella levantó su cabeza inquieta.

—¿Sabés qué? Yo estaba fantaseando que nunca me preguntarías el nombre.

—¿Por qué no?

—¿Nunca te pasó, que podés compartir tu cuerpo con alguien, tus zonas más íntimas, todo... y sin embargo querés guardar en tu interior un secreto? Querés dar todo de vos, todo lo que se puede tomar, y al mismo tiempo te querés reservar tu nombre... Podés decir cualquier nombre. Un nombre miente, pero el cuerpo, en cambio, no miente...

Axel no necesitaba oír más para pasarse al asiento de atrás. Ella lo continuó besando un largo rato, explorándole la piel. Las caricias y los besos de él, esta vez, eran infantiles comparados con la ansiedad estudiada de la mujer. Cada caricia de ella parecía la primera que daba en su vida. Algo nuevo, original, el estreno de un deseo. Axel la penetró sin esperar más. Ella apretó sus piernas. De sus ojos, se soltaron lágrimas como gritos.

A la hora y media, se recostaron atrás. Ambos con partes de ropas puestas; la cabeza de ella apoyada en su hombro.

—¿Te parece que soy una chica rápida? —le preguntó.

Axel pensó qué contestar.

—Depende a qué rapidez te referís —dijo—, si es rapidez para… un momento de placer, diría que he conocido más rápidas y menos rápidas; pero si pienso en tu rapidez mental, me dejaste perdido…

Se movieron con pausa; ella se dio vuelta, colocándose apoyada en su costado izquierdo, con la espalda pegada al asiento, y él se acomodó frente a ella, también de costado.

—Por favor, no te pierdas… —suspiró ella—. Aunque así, podría encontrarte, otra vez, en medio de la ciudad.

—¿Y entonces, me dirías cómo te llamás?

—Entonces, sí. Cuando te encuentre de nuevo, perdido, solo y sonriéndole al mundo, te voy a decir mi nombre.

—Quizás yo también prefiera no saberlo…

El dibujó con el dedo, la curva del dragón entre sus pechos, que eran como pequeñas peras. Ella buscó sentarse, como si su gesto le hubiera quemado la piel, imprimiéndole una huella imborrable. Axel también se sentó. Mientras buscaba sus calzoncillos en el suelo del auto, la oyó decir:

—De chiquitita, yo fui abusada sexualmente...

Axel soltó su ropa. Todas las agujas de todos los tatuajes de su vida se le clavaron en la cabeza, tanto que se tocó un recuerdo como una puntada. Ella siguió:

—Pasé por cada una de las etapas, desde el odio a mí misma, al odio a todos los que me rodeaban. Pasé por la vergüenza, por el asco, por la violencia y por la más honda soledad... y, ya que no tuve fuerzas para morirme, no me quedó más remedio que vivir... Y así, un día, descubrí que no estaba más sola, que me tenía a mí, y ese día, por primera vez en mi vida, fui feliz.

El acusó ese dolor en el centro de su cráneo. Apretó los ojos.

—Cuando se conoce, aunque sea por un instante, la sensación de ser feliz, o bien todo lo anterior pasa a un segundo plano, o sos un boludo de mierda... —terminó de decir, para que Axel explotara en lágrimas y risa. Ella lo abrazó con ternura, comiéndolo a besos.

El volvió manejando, como si fuera su chofer, hasta la puerta del sanatorio. La mujer le fue indicando cómo salir de allí, y qué calle tomar, que lo dejara.

—Acá me bajo —dijo él, que había seguido todas sus indicaciones con precisión.

—Pero, acá no vivís... —se sorprendió ella.

—Vengo a ver a mi madre, que está internada.

—Ojalá se mejore.

—Sí. Ojalá.

—Dale saludos de mi parte.

—¿De parte de quién?

—De una amiga sin nombre, que maneja un taxi, y que hoy fue feliz a tu lado…

—Jamás le pedí a una mujer con la que hice el amor, verla nuevamente.

—Es lógico para alguien como vos; eso es arriesgarse a perder demasiado…

—¿Cómo?

—La primera vez que estás con alguien, tu seducción es infinita. Dudo que alguna vez, en un primer encuentro, no hayas logrado lo que quisiste hacer, o lo que quisiste que la otra persona hiciera. ¡Pero ojo! Que en un segundo encuentro se derrite el maquillaje, y queda más expuesta el alma… A veces, el resultado es fabuloso; pero otras, es terrible…

—Me gustaría verte de nuevo…

—No te fuerces. Si tiene que ser, será…

El abrió la puerta, bajándose del auto, y por la ventanilla abierta miró una vez más a esa mujer a la que no había llegado a tatuar, y que le dejó en el cuerpo una marca más filosa que las garras de todos los dragones del alma.

—Me llamo Axel —se escuchó decirle.

Y entró corriendo al sanatorio.

Sin siquiera sentarse, comenzó a hablar.

—Mamá, hoy conocí a una chica, que durante un rato me hizo olvidar hasta de mí mismo… Me dejó saludos para vos, y una sensación de vacío tan honda, acá en el pecho… A vos te hubiera gustado, bah, si te hubieras dignado a prestarle atención.

Las gotas de suero, unas detrás de otras, corrían a alimentar ese cuerpo quieto.

—Viste cómo ahora te quedás escuchando… Ya no te vas todas las noches con la excusa de la muerte de papá, de ocuparte de sus cosas, de la plata, de las reuniones… ¿De qué te sirve la plata, ahora? ¿De qué me sirve a mí? Hoy conocí a esa chica, que no me quiso decir su nombre, pero me dijo más de mí, que lo que vos pudiste hablarme en toda tu vida…

Pasó el dedo por el cuadro de Jesús que estaba colgado sobre el respaldo de la cama, sacando una pelusa.

—No me quiso decir el nombre, quizá para no mentirme, viste, como hago yo… o para no ser una más en la libreta… pero ya se fue, y ahora vuelve todo esto otro… toda esta mierda mental… y vos, que no me hablaste antes y tampoco me hablás ahora…

Jugó con la pelusa entre los dedos. "Ni siquiera a vos te limpian bien en este Sanatorio…", pensó.

La confitería estaba casi vacía, de no ser por un hombre que tomaba ginebra y la pedía a los gritos, borracho a las diez y veinte de la mañana según su propio reloj; y por ellos dos, Mario y Cristina, que tomaban gaseosas.

—¿Y por qué vas llevando vos sola una cruzada para hacer caer a este tipo? —preguntó él.

—Porque representa un gran misterio para mí, y legalmente no hay pruebas para agarrarlo.

—Entonces olvidate del caso, y dejá que suceda lo que tenga que suceder.

—Hay algo personal que me cuesta explicarte. —Mario sonrió, escuchando que ella lo tuteaba. Ante un nuevo grito del borracho, el barman y el cocinero lo arrastraron hasta la calle—. Yo misma estoy tratando de entenderlo… pero, de todos modos, tengo unos pocos días para definir esto.

—¿Definir, de qué modo?

—Es un tema confidencial de la seccional…

—Vos sos quien me llamó.

—Tenés razón. El jefe está siendo presionado por la prensa para ver si este hombre es un asesino exótico, para la crónica sensacionalista…

—Cosa que no es —interrumpió.

—Exacto. Yo creo lo mismo.

—¿Entonces?

—Quiere que yo agote la posibilidad de ver si realmente no hay pruebas que permitan inculparlo. Y yo espero, investigo, y esas pruebas no aparecen.

—Y querés que yo te provea de alguna…

Cristina no respondió; trataba de hilar sus pensamientos en voz alta.

—Yo sé que en él hay un juego perverso… —dijo— que necesito develar. A ver si me entendés. Yo tengo varios años en la fuerza, y vi y atrapé a la peor lacra de criminales, y la mayoría de las veces no se me movió un pelo. Aparece este tipo, que lo único que hace es seducir gente adulta, las marca y se va… y yo me quedo viendo y escuchando y contestando por televisión las boludeces que dicen los periodistas, y él sigue eligiendo sus presas como un cazador. Pero, acá viene la historia. Muchas de esas presas, después de haber sido dominadas, poseídas, no sé, llámelo como usted quiera, terminan mejor que antes, terminan agradeciéndole a la vida y a este hijo de puta, que hubiera puesto sus ojos y su mierda de tatuaje sobre ellas… ¡Ojo! ¡No todas!, pero las que no lo hacen es exactamente lo mismo: lo odian porque él las abandonó, las tocó con la varita de mierda de la felicidad y después se fue, como Peter Pan, a la tierra de nunca jamás, a llevarle la salvación a los otros…

—Sos un poco grande para recordar la historia de Peter Pan —la culpó él.

—Es que veo muchos dibujitos animados —se defendió.

—Cuando yo era chico, estaba enamorado de Wendy.

—¿En serio? Cuando yo era chica, en el orfanato decía que me llamaba Wendy…

—¿En el orfanato? —preguntó Mario, poniéndose serio.

—Sí, pasé trece años en el orfanato. Por supuesto, nunca nadie me llamó Wendy, sino "la negra"…

Cristina se mordió el labio. El le tomó la mano, para decirle:

—¿Estás segura de que no me ocultás nada?

Ella había logrado emocionarse, saliéndose por unos segundos de la historia de los tatuajes, lo que la puso relativamente bien. Sin detenerse más en el recuerdo, le preguntó si ya sabía el nombre del tipo. "El nombre real", aclaró. Mario, cómo disculpándose, explicó:

—Cristina, yo fui contratado por una persona, para esta investigación…

—¿Una mujer?

—Sí.

—¿La que estaba con vos en la exposición?

168

—Observadora…

—Y seguro que la mujer no quiso dar parte a la policía de lo que le pasó, y por eso te contrató…

—¡Bingo!

—¿Vos ya sabés el nombre?

—Sí.

—¿Si me lo das, estarías violando el encargo de tu clienta?

—Si no fueras policía, te suplicaba que te asociaras conmigo —expresó Mario.

—Pero como soy policía, no podés decírmelo… —A Cristina, el cuento le pareció repetido.

—No. Pero puede que te ayude de otro modo, quizás mucho más efectivo…

—¿Cómo, a ver?

—Tené paciencia. Vale la pena y, quizás, te pueda sorprender hoy mismo, con algo que ni te imaginás…

—¿Cómo nos comunicamos? ¿A qué hora te llamo?

—Dame un poco de tiempo. Yo te llamo a vos…

Cristina escribió sus datos sobre una servilleta y se lo dio.

—Este es mi teléfono y mi dirección. Espero tus noticias, a la hora que sea.

—¿Cuál es el acontecimiento? —preguntó Mario, al bajarse del taxi y verla cerrando la puerta de la casa vestida como para ir a un cóctel. Marta, sorprendida, giró la llave hasta que hizo tope y se dispuso a entrar en el mismo taxi que él estaba por abandonar. Mario cerró, se acercó a la ventanilla y le sugirió al chofer que se fuera. Ella se quedó clavada en la vereda. Llevaba la cartera de charol, la de las grandes ocasiones, y el tapado de piel que compraran el primer año de casados.

—Un año de nuestra separación —dijo, enojada.

—Marta, por favor, estás lindísima… no tenés necesidad de ser tan desagradable conmigo…

—Te lo dije el día que te fuiste, y te lo voy a repetir siempre… vos no sos el héroe de la película, así que ni lo intentes…

—¿No me vas a invitar a entrar?

—Ya salí, ¿no ves?

—Sí, cada vez que vengo, vos salís…

—¿Por qué no me avisaste por teléfono?

—Cuando te llamo, igual tenés que irte…

—¿Qué querés, Mario?

—Quiero verte, hablar con vos en forma calma, neutral, positiva, no así… robándote dos palabras y sintiendo cuánto me detestás… yo no merezco esto.

—Seguramente, yo tampoco merecí tu indiferencia, cuando te necesité.

—Bien que te encontraste otro que no te fuera indiferente…

—No, al menos en un aspecto, no me fue indiferente…

—¡Cuánto odio tenés todavía!

—Es el que acumulé durante esos años de autismo a tu lado…

—Pero Marta, ¿no creés que un hombre puede cambiar?

—Un hombre sí; vos no.

El reloj de Cristina marcó las diez de la noche. Con una rápida pulsión, quitó el sonido a las "Fantasías

170

Animadas de Ayer y Hoy". Antes había visto una vieja secuencia de "Popeye, el marino" y, al principio de todo, dos cartones muy antiguos de Betty Boop, su personaje favorito. Intuyó quién era antes de atender, pero dejó que hablara. Se había propuesto comportarse con parquedad, sin descontrol, sin entrarle a su juego. "¿Cristina?", oyó que preguntaba. Tratando de dominar su rebeldía, le hizo saber que él estaba en ventaja sobre ella, en esto de los llamados telefónicos.

—¿Qué ventaja?

—Vos sabés mi nombre, y yo no sé el tuyo —dijo ella.

—Ya cuando estemos juntos lo vas a saber —contestó la voz.

—¿Mientras tanto, cómo te llamo?

—¿Para qué querés saber mi nombre, Cristi? Yo podría haberte dicho mil nombres diferentes, y ninguno se acercaría ni un poco a la verdad. Cristina, yo no soy un nombre. Y te puedo dar de mí, mucho más que eso… Sólo que hoy, realmente, no sé si decirte que estás preparada para recibirlo…

—¡Mnnn! ¿Qué es eso? ¿Un cuestionamiento moral? ¿Acaso ya cambié la imagen que tenías de mí? ¿No te acordás? ¿O la inteligencia ya no es terriblemente sensual? ¿O ahora que hablás conmigo, ya no te excitás como antes?

—Cristina, no te llamé para esto…

—¿Y para qué me llamaste, entonces? ¿Para pasarme la lengua por el cuello? ¿Para acariciarme los pechos, hasta sentir cómo me humedezco? ¿Para apoyarme ese sexo adorado por cientos de mujeres?

—Cristina…

—¿Para qué me llamaste, si no me vas a dar lo que yo quiero? Vos vivís jugando con los deseos de los otros y yo te pregunto: ¿qué sabés vos de deseos?

—Mucho más que vos…

—¿A ver, qué deseo yo en este momento?

—Burlarte de mí…

—Perdiste. Uno se burla de la gente que le importa, y vos a mí no me importás…

—Sí que te importo… desesperadamente…

—¿Sabés dónde me importás… "desesperadamente"? —imitó ella, sin perder el control—. Detrás de las rejas, tirado en un camastro, con la mitad del cuerpo en el suelo y el resto apoyado sobre una piedra fría, como la dejaste a Yamila… a esa pobre imbécil. Pero yo no soy una imbécil… Eso no se lo hiciste a Yamila, me lo hiciste a mí. ¿Sabés lo que deseo, realmente, en este momento? Deseo que entiendas que no me intimidás más, que no me engañás más, que no quiero que me llames nunca más por teléfono, y que el día que tengas el coraje de verme y hablarme… Ese día puedo llegar a molerte a palos… ¿O sabés, incluso, lo que te puedo hacer? ¿Sabés lo que te puedo hacer?

Axel escuchó sin respirar.

—Puedo cogerte, hasta que me digas basta, por favor, basta… Y entonces, recién entonces, si tengo ganas y me conmovés un poco, puede que te deje ir…

Cristina colgó y desenchufó el cable. Respirando entrecortadamente, supo que había hecho lo correcto. Axel dejó el receptor colgado del aparato. La cara le dolía como si hubiera recibido una gran cachetada. Caminando como un sonámbulo, dobló la esquina, pasó delante de su auto estacionado, bajó del cordón y cruzó la

172

calle en diagonal, dirigiéndose directamente a la puerta del edificio de ella, del que lo separaban no más de treinta pasos. Tocó el 4º 39.

—¿Quién es? —preguntó Cristina.

—Soy Juan Domingo —contestó él, disimulando la voz.

Ella le dijo que pasara y él empujó la puerta. Una vez arriba la vio muy ojerosa y despeinada, como si recién se hubiera terminado de pelear con alguien.

—Se ve que no caigo en buen momento...

—No. No es eso... es que... acabo de tener un disgusto.

—¿Con alguien?

—Sí, con alguien...

—¿Con alguien que te importa?

—Con alguien que me altera...

—Y justo caí yo, ahora...

Ella hizo como que no importaba, y agregó:

—Veo que estás totalmente recuperado.

—Sí, y sabés que no me alcanzaría el tiempo para agradecerte...

—Ya pasó.

—Sí, pero lo que no pasó son mis ganas de vivir con vos una noche muy especial... —él sonrió.

—Bueno, en algún momento podemos salir a...

—¿Cómo en algún momento? —muy extrañado, examinando su reloj—. Si habíamos quedado para hoy...

—¿Para hoy?

—Sí, para hoy a las diez. ¡Qué desilusión! Dejame creer que te olvidaste, después de hablar con ese tipo que te alteró.

—¿Cómo sabías que era un hombre? —preguntó ella, naturalmente intrigada. Estaba tan histérica que cualquier detalle pasaba a ser una prueba posible de cualquier cosa.

—Intuición masculina —contestó él—. Además, no sé quién es, pero ya lo detesto. Tener la suerte de hablar con vos y hacerte sentir mal… —y, sacando del bolsillo una cajita envuelta para regalo, se la entregó, diciendo—: Para vos…

—Pero no…

—Por favor, abrilo…

Ella negó con la cabeza, mientras le quitaba el papel. Una cajita azul quedó a descubierto; adentro había un par de aros de oro. Cristina se quedó examinándolos con la boca abierta: nunca nadie antes le había regalado aros de oro. Nunca le habían regalado aros. Pensó que no se los merecía, y dijo "es demasiado", como si a Axel pudiera importarle algo.

—Quiero que te los pongas esta noche —dijo él.

Cristina no le respondió; fue hasta el baño y, con la puerta abierta, se probó uno y otro, volteando la cabeza hacia ambos lados.

—Vas a ver que nunca te vas a olvidar de esta noche.

En el restaurante, el mozo inclinaba la botella para servir, cada vez que las copas quedaban vacías. Cristina iba por la tercera; el calor era concreto y la invadía. Todo le llamaba la atención: las velas, los cortinados de tul, la exuberancia de las plantas, los nombres exóticos de las comidas, en francés… Cuando se animó, levantó una copa y dijo:

—Voy a ser muy original y brindar por… por… ¿por qué querés que brindemos?

Axel levantó el suyo para anunciar:

—Por este cambio tan repentino de humor… ¡Salud!

—¡Salud, Juan Domingo! Mirá qué nombre te fuiste a elegir…

Ella bebió, nuevamente de una vez, hasta vaciar la copa. La apoyó sobre la mesa y vio con satisfacción cómo el señor la llenaba de nuevo. Ya habían terminado la entrada, y Axel pidió la comida, con impecable acento. Ella se reía a carcajadas. Llevaba puesto un vestido de terciopelo negro que había comprado hace bastante tiempo, pero nunca se animó a usar.

—Cristina, qué bueno es verte reír, aunque no sea yo el que lo esté logrando —dijo Axel.

—¡Cómo que no! ¿Con quién más estoy aquí?

—Tenés razón. Estamos juntos, y lo que importa es que en un par de horas te cambió esa cara que tenías cuando te pasé a buscar…

—Me había olvidado por completo que teníamos una cita… ¿sabés cuánto hace que no tenía una cita?

—¿Cuánto?

Ella volvió a tomar su copa.

—A ver, dejame pensar… —dijo, bebiendo un sorbo—. Hace mucho; yo tendría dieciséis, diecisiete años…

—¡Epa!, no sé si creerte eso…

—En serio. Fué mi primera y única cita… bueno, digamos, la única persona con la que…

La cara de ella empalideció. El maître se detuvo a su lado, acompañando la mesita rodante con los platos y las salsas. Artísticamente, con gestos ampulosos, se esmeró en la presentación, dándole el toque personal. Axel vio que se le iba una oportunidad de indagar en ella, y estiró un brazo por encima de los cubiertos, pellizcándole la mejilla, al tiempo que decía:

—No se me ponga nostálgica… Si te hace bien, ahora me contás y si no, hablemos de otra cosa…

El ayudante sirvió los platos y el maître dijo "bon apetit"; Axel respondió con una inclinación de cabeza. El plato de Cristina era un pescado con salsa blanca, mucha pimienta y una ramita de perejil, ocupando el centro del plato. Casi sobre el borde, siete papas noisette al natural; lo de él era pollo trozado con frutas secas y salsa de hongos muy perfumada. Ella decidió que iba a hablar, mientras trozaba su filet.

—Yo misma había decidido escaparme con un muchacho —dijo—, uno de mi misma edad; cuando teníamos todo preparado, a último momento, nos descubrieron, nos castigaron y me arruinaron la única cita, que me hubiera salvado la vida…

—¿Tus padres te castigaron? ¿Te impidieron verlo?

—No. Nunca conocí a mis padres… me crió una abuela…

—¿Fue ella, entonces?

—Mi abuela murió cuando yo tenía cinco años. Me internaron en un orfanato… y después en otro, y en otro… Cuando pensé que me dejaban quieta, conocí a ese muchacho y cometí la locura de intentar escaparme con él…

—¿Y qué te hicieron?

—Dos años más de internación en otra pocilga más alejada y horrible que las otras.

—¿Y el muchacho?

—Nunca más lo volví a ver...

Axel tomó una rodaja de lactal tostado de la panera.

—Pero, y con esas experiencias, ¿cómo fue que entraste a la policía? —preguntó.

Ella se llevó a la boca el tenedor con un trozo mediano de pescado y una esfera de papa. Con el tenedor vacío, mezcló el resto de su plato, como si desarmara un rompecabezas.

—Conocí tantas porquerías durante esos años —dijo—, que me juré que si me salvaba de ser una basura más, entre toda esa gente, entraría a la policía, con la ilusión de meter en cana a cuanto hijo de puta se me cruzara en el camino...

—Bueno, hoy te cruzaste conmigo. ¡Espero que no me juzgues mal!

—¿Por qué habría de hacerlo? Soy policía, pero no soy resentida... al menos, no con vos.

—¿Y con otro sí; con ese otro con el que tuviste un disgusto?

Cristina se llevó otra vez la copa a los labios, sin contestar.

—Un poco de aire fresco, para que se vayan los efectos del alcohol —dijo, levantando los brazos. Salieron a la plaza, y cruzaron hacia el Centro Cultural Ciudad de Buenos Aires. Desde allí, la zona de La Biela y la peatonal de los restaurantes se veía como si fueran ceremonias rituales en medio de una selva. La plaza tenía aún eso de bueno, de escape.

—Pero que no te quite esa sonrisa bellísima... —dijo él—. ¿No te perturba arriesgar tu vida a diario? ¿Fuiste herida en algún procedimiento?

Ella dudó, mientras bajaban al estacionamiento subterráneo.

—Los primeros años, lo único que quería era arriesgarme lo más posible, y lo hacía mucho más de lo que se me exigía... sólo me sentía viva, cuando más extremo era el peligro... Tengo recuerdos desparramados por todo el cuerpo.

—¿Y ya cambió eso?

—Sí. Ahora todo se tornó rutinario. Por primera vez, me estoy cansando y tomándolo como un trabajo, como una obligación... Y esa no es la idea de servicio de un policía.

—Tendrás que esperar que te toque un caso que te sacuda de esa rutina... —dijo Axel, mientras quitaba los seguros de las puertas del coche. Ya adentro, ella le agradeció la cena, y él le rozó el mentón con la punta de los dedos—. Sos tan joven y tan linda, y tan... mujer policía. —Sonrió, sin besarla. Arrancó el coche y salió dando marcha atrás.

Entraron a la Disco tomados del brazo. Las luces y el sonido de adentro eran una ampliación del movimiento y la brillantez de la Recoleta, aquello que sintió cuando estaba por ingresar al estacionamiento.

—¿Querés que te lo lleve al guardarropa? —le dijo, recogiendo su saco de una silla.

—Bueno, ¿querés que vaya con vos? —contestó Cristina, riéndose sin saber de qué.

—No, esperame aquí, que ya vuelvo.

Axel pasó por delante de la barra iluminada desde abajo, con un telón de botellas multiplicándose en los espejos de atrás. El barman lo saludó con la mano levantada. Al volver, observó que ella no se había sentado, y miraba hacia la pista con ganas, moviéndose suavemente al compás del tecno.

—¿Me estás invitando a bailar? —la sorprendió, desde la espalda.

—Si no querés, puedo bailar sola...

Axel tomó su mano de nudillos firmes y sólidos, y la condujo hasta la pista, un círculo de flashes que surgían a través de una trama de madera y vidrio. Las luces ensimismaron aún más a Cristina, que se fue soltando rápidamente, moviéndose adentro de su vestido como si estuviera acostumbrada. Él prefirió apartarse un metro y mirarla. Tenía un buen cuerpo; era alta, muscular, sanguínea. "Elástica", pensó, viéndola contornearse al fluir de la marcha. Sus manos le buscaron la cintura, acariciando el terciopelo, subiendo y bajando por la tela. Ella lo miró fijamente, batiéndose el pelo con los brazos en alto. Los labios le brillaban como una frutilla en almíbar. "Es el momento", pensó él. Acercó su boca a la de ella, que paró de bailar. La frutilla se partió en dos sobre sus labios.

12

Mario había arreglado con Ruth el último de sus pagos, lo que daba por concluido el trato. Para él, el caso estaba cerrado. Había preferido no saber qué haría ella con la información que le consiguió. Según las reglas del oficio, desde esa misma tarde podía olvidarse de esos datos o disponer profesionalmente de ellos, lo que significaba ayudar a Cristina. Decidió esperar hasta tarde, para despertarla con una sorpresa. Contrariamente a su idea de que los policías se acostaban temprano, ella no estaba. Era viernes, quizás hubiera salido. Llamó unas seis o siete veces, dejando pasar media hora entre vez y vez, hasta decidirse a ir personalmente. Pensaba dejarle un cartel. Era tan importante… tenía en un sobre el identikit más preciso que ella pudiera querer, y su nombre, apellido, teléfono, dirección e historia (aunque todavía no estaba muy seguro de querer ayudarla "tanto"). Lo mínimo posible para conservar el vínculo. Siempre convenía tener de amiga a la Policía, y Cristina tenía un dejo de vulnerabilidad que lo tocaba de un modo diferente, recordándole sus propias frustraciones. En la puerta del edificio de departamentos de ella, tocó el portero. Nadie le contestó. Volvió a su auto, a esperar. La indicación había sido: "A cualquier hora". En casos como éste, recibir la información lo antes posible podía poner a salvo del tatuaje a alguna elegida, o hacer que Cristina soñara con su ascenso, al menos por una noche. Puso la radio. Para las tres y media de la madrugada, el sueño lo había derribado sobre el volante.

Ella prefirió ir a su departamento. Había bailado poco, pero estaba cansada ("la falta de costumbre", supuso), y no quería seguirla en un hotel, porque les tenía idea, experta como era en procedimientos. Su departamento era el único lugar realmente íntimo que conocía, con sus cosas y su cama. A Axel no le importó. En el auto se besaron apasionadamente. Mientras él manejaba, ella le hacía caricias en la nuca, y estaba pendiente de su excitación. Estacionaron el auto enfrente del edificio, a metros del de Mario. Eran las cuatro en punto.

La luz de su ventana se prendió. Ella puso un casette de lentos, y agua a hervir para hacer café. Axel la vio moverse con soltura, como recuperando su ritmo doméstico, y apagó la luz, dejando encendido un velador y el foquito de la kitchinette. Esto lo hizo mientras ella fue al baño. Como la pava soltaba vapor, ella salió disparada hacia la cocinita, pero él la atrapó en el camino, para besarla. Se apretaron uno contra el otro, enlazados por las lenguas. Cristina realmente estaba empezando a disfrutar el contacto con ese hombre. Axel la dio vuelta y, apoyándola con confianza, le cubrió los pechos con las manos. Ella lo dejó hacer; en un instante impensado bajó todas sus defensas. El timbre del portero eléctrico los separó. La hora en su reloj despertador de la mesita de luz no era de visita, y se extrañó. Al pasar, apagó la hornalla.

—Puede ser una emergencia a esta hora… Dejame ver… ¿Quién es? —preguntó, sosteniendo el tubo en la mano.

—Cristina… soy yo… Mario Goytía… —le contestaron, desde abajo.

Axel la escuchaba sin interés. Ella se sorprendió.

—Abrime, Cristina, que tengo algo muy importante para darte…

—Sí, bajo. Esperá un minuto. —Hacia Axel:— Perdoname, es alguien de la comisaría… lo atiendo abajo, a ver qué quiere, y subo enseguida. Ponete cómodo, hacé el café, cambiá el casette, lo que quieras, ya vuelvo…

Abrió la puerta, sacó las llaves de la cerradura y salió. Axel quedó escuchando los ruidos del ascensor, mientras con una mano se aliviaba la presión de su slip.

Mario la vio salir del ascensor muy elegante, y supuso que habría ido a una fiesta. Era increíble lo que había cambiado desde que la conoció: más linda, mejor arreglada, vestida elegantemente, pintada y hasta con aros… ¡de oro! "Tal vez fueran imitación", pensó Mario, mientras ella se debatía con la llave de la puerta de blindex.

—Qué sorpresa —dijo Cristina—, a esta hora.

—Llamé por teléfono varias veces; nunca había nadie.

—Recién llego.

—Sí, vi la luz encendida en tu ventana, y decidí... —le alcanzó el sobre, sin terminar la frase.

—¿Esto es para mí?

Mario asintió. "¿Puedo pasar?", le preguntó, a lo que ella dijo:

—Estoy con alguien.

Hacía cuánto que no le respondía eso a nadie; es más: tal vez fuera la primera vez. Sonrió con tal vergüenza que Mario también se sonrojó.

—Entiendo —dijo—, pero de todos modos quiero dejarte esto ya mismo.

—¿Qué es? —preguntó ella, espiando por la boca abierta del sobre.

—El identikit más perfecto que puedas obtener... La foto del hombre que buscás.

—¿La foto? ¿El rostro? —dijo, sintiendo que la excitación de hace un rato, le llenaba aún más el pecho. Las manos le temblaron.

—Sí, supongo que esto facilita notablemente la búsqueda, ¿no? —preguntó Mario, guardándose los otros datos.

Cristina metió la mano en el sobre, extrayendo la foto boca abajo. Estaba muy nerviosa, y algo en ella le impedía darla vuelta.

—¿No la vas a mirar? —le preguntó.

—Es que es tan extraño. Buscar a alguien sin rostro, y obsesionarse con la existencia de un personaje sobre el que llegué a pensar tantas cosas... Y ahora, de golpe,

esa imagen existe y puedo comprobarla y saber finalmente cómo es él...

—Bueno, no le des más importancia de la que tiene.
Miralo de una vez. Cristina no se decidía. "Dale", exi-
gió Mario.

—¡Seguro! —dijo ella, girando su mano, descubrién-
dolo y viendo los rasgos que le borraron la sonrisa ins-
tantáneamente, como en un vahído. Esos rasgos que
acababa de acariciar, que acababa de besar, de rozar.
Los rasgos de los que empezaba a enamorarse; su cara.
La del tipo de los tatuajes. Mario la sostuvo como si se
fuera a caer. Adentro de su boca semiabierta, todavía
rodaba el deseo inconcluso de su lengua, le daba vueltas la interrupción del momento antes, de ese estar a
punto de hacer el amor. "¿Estás bien?", oyó que le preguntaba.

"No es necesario que me sostengas", pensó. Cerró la
boca.

—¿Por qué no habría de estarlo? —dijo, disimulando al máximo lo que le permitió el temblor de sus rodillas.

—¿Te das cuenta de cómo te pusiste al ver la foto?

—¿Cómo? ¿Nerviosa, no?

—Mucho más que eso. Te pusiste blanca como si hubieras visto, no sé, un fantasma... Vos conocés a este
hombre...

Cristina trató de reaccionar.

—¿Pero, qué decís, Mario? ¿Cómo lo voy a conocer?
Si me afectó, como vos viste, es por lo que te expliqué
antes... Es un caso muy especial, y de golpe ver su cara, saber que fue este mismo, este hijo de puta el que
me... el que nos tuvo en vilo, jodiendo tanto...

Apretó la mano que Mario le había puesto sobre su hombro.

—Gracias, Mario, es una ayuda invalorable.

—¿Estás segura que estás bien?

—Sí, seguro. No me lo imaginaba así, en absoluto.

—¿Puedo hacer algo más por vos, ahora?

—No, gracias —intentando sonreír—. Estoy acompañada. ¿Quedamos en contacto?

—Llamame vos, para lo que necesites.

Arriba, Axel se movía en el pequeño espacio como un animal enjaulado. Se acercó mil veces a la ventana; revisó los cajones, las alacenas y el botiquín del baño, inquieto por la tardanza, con la cabeza elaborando mil posibilidades. El casette dejó de andar con un clac firme, tan fuerte que lo sobresaltó. El teléfono estaba desenchufado. "¿Esta chica no tenía una agenda, un índice con personas y direcciones para revisar?". La puerta abriéndose del ascensor lo dispuso a recalentar el café. Ella lo encontró parado al lado de la mesada, sin poder encontrar los fósforos.

—Tardaste tanto, me estaba preocupando —dijo.

Ella se dejó abrazar con desconfianza. Axel notó la diferencia.

—¿Qué pasa? ¿Quién era? —preguntó.

Ella dijo lo que se le había ocurrido en el ascensor. Se la notaba desganada, como en la víspera de caer enferma.

—Perdoname —explicó, forzando la naturalidad—. Me trajeron malas noticias de la comisaría.

—¿Algo grave?

—Sí, una compañera mía, que me estaba reemplazando estos días, fue atacada por un tipo en la misma celda de la comisaría. Bueno; eso yo lo supe ni bien sucedió; pero ahora me informan que tuvo un gran shock psicológico y quiso suicidarse…

La cara de él se llenó de una preocupación medida.

—Es una gran amiga mía. La salvaron a tiempo… tengo que ir a verla ya mismo…

—¿Te llevo?

—No. Necesito estar sola un rato. Es muy fuerte esto que acabo de saber. Quiero darme un baño. Necesito tranquilizarme para enfrentar mejor la situación.

—Entiendo…

—Bajo a abrirte.

—Qué pena que nos pasara esto justo ahora…

—Sí, una pena.

—Quisiera hacer algo por vos…

—Ya hiciste demasiado, dejá.

En el ascensor, mientras bajaban, no se hablaron. Al momento de salir, Axel le preguntó si sentía mucha bronca por el hombre que había atacado a su amiga. "Sí", contestó ella. También le preguntó si conocía a ese hombre. Ella negó con la cabeza, a punto de largarse a llorar por lo que le estaba pasando, por la identidad revelada de ese Juan Domingo que se iba, por esa noche inútil y absurda, por el beso que ahora le daba y ella tenía que aguantar, tenía que recibir, aceptar, devolver, aparentando simpatía. Absolutamente destruida como mujer.

—¿Te llamo mañana? —le estaba preguntando.

—Yo te llamo —contestó ella.

Mario dejó que el auto lo pasara, para encender los faros. Donde Axel doblara, él doblaría; donde él se detuviera, estacionaría el suyo. Adivinó que lo habría visto, pero no le importaba. No entendía nada. ¿Qué hacía junto a esa mujer? Por la cara que puso al recibir la foto, era obvio que no lo conocía. ¿La había salvado justo en el instante antes de convertirse en víctima? ¿Qué se guardaban entre ellos, cuál era el secreto? Vio que el auto de Axel se dirigía hacia un descampado. Faltaba más de una hora para que amaneciera, pensó Mario. Era obvio que ahora Axel lo había visto, y lo estaba conduciendo adonde él quería. El lugar quedaba entre dos edificios, era una verdadera zona de nadie con cuatro árboles solos, altos e innecesarios, iluminados apenas por el destello de la ruta. Axel estacionó su auto cerca del primer edificio. Mario lo vio salir y dirigirse a un sector más iluminado, donde había una pequeña plataforma de cemento con puntas de hierro y un dado de hormigón de la altura de un banco. Axel se sentó. Dirigiéndose hacia Mario, le hizo una seña para que se acercara. Mario apagó el motor de su auto, abrió la puerta y se bajó. Lentamente, como previendo algún incidente, se acercó hasta la plataforma. Eran las bases de un tercer edificio abandonadas sin terminar. Había también un pozo lleno de agua y un gran contrapiso quebrado en varias partes, por detrás. Se tocó la axila izquierda, para que él creyera que estaba armado. Axel no necesitaba saber nada. Pudo oler su miedo. Sin mirarlo, dijo:

—Vos y yo vamos a terminar siendo amigos.

Mario estaba a unos metros, midiendo con la distancia sus reacciones.

—Yo nunca podría ser amigo de un tipo como vos —replicó.

—Si me seguís todo el tiempo, te vas a terminar acostumbrando a mí... De la costumbre al afecto hay un paso muy pequeño...

—...que yo nunca daría.

Axel se rió.

—Serio, serio, como buen investigador privado... —dijo—. Dale, Mario, sentate conmigo. ¿Qué, vos sólo querés saber mis datos? ¡Che, no sos el único genio en plaza! Este será un país de boludos, pero algunos zafamos... ¿Por qué me seguís?

—Bien sabés que estoy cumpliendo un trabajo.

—Sí, ya sé... te vi en la exposición junto a Ruth... ¡Qué mujer espectacular Ruth, che! Cincuenta años sin conocer un orgasmo... Y en una sola noche, paf, gozó por todos esos años...

Mario hizo un gesto de desprecio. Un helicóptero cruzó la noche negra, intercalando su estruendo en la conversación. Axel esperó a que pasara, para seguir.

—No me juzgues mal... Me encantó hacerle el amor a Ruth, cada hora que pasaba era un desafío más fuerte. Nunca dudé que lo lograría, y te juro que me costó un gran esfuerzo. Pero, Mario, no sabés lo que se siente cuando vas venciendo las barreras mentales de la otra persona. No el cuerpo. El cuerpo nunca es el problema. El sexo se humedece cuando la mente le ordena. ¿Entendés de qué te hablo, no?

—No me interesa en absoluto —dijo Mario, visiblemente perturbado—. Y mucho menos escuchar detalles que involucren a una... amiga.

—Justamente, por eso te lo explico. Para mí, lo de

Ruth no fue un acto más de seducción... frío y premeditado, como otras veces, te confieso. Lo de Ruth fue un acto... de amor...

—Ya escuché demasiado —afirmó, para que parara de hablar—. Si de mí dependiera, no me detendría hasta meterte donde tenés que estar...

—¿En la cárcel?

—No. En un manicomio. —Y se dio vuelta, comenzando a volver hacia su auto. En mitad del camino, la voz de Axel lo congeló en un golpe.

—Mario, me extraña que un tipo inteligente como vos, se deje atormentar tanto en su vida personal por sus problemas conmigo.

Se dio vuelta otra vez, enfrentándolo. Los separaban diez metros.

—Si yo a vos ni te conozco —dijo—. Más allá de la mierda que transmitís como persona.

—Claro que me conocés... y, si te transmito tanta mierda, será porque estoy sacando a la superficie toda la que vos tenés adentro... ¿Qué te pidió Ruth? ¿Que averigües quién soy? ¿Donde vivo, si soy casado, qué hago de mi vida? ¿Entonces, por qué me seguís, todavía? ¿Por qué no das por terminado este caso, y te dedicás a tus nuevas mierditas de esposas engañadas y maridos cornudos, eh?

Mario abrió la boca para responder, pero se calló.

—¿Por qué estás obsesionado conmigo?

—¿Qué decís?

—Te estoy dando la ocasión para que me digas, ahora y mirándome a la cara, lo que querés de mí... No tengas vergüenza, yo te puedo ayudar con tu problema...

Lo vio comenzar negando con la cabeza, atontado.

189

—Sé mucho de eso… Lo mejor que te puede pasar es estar con alguien como yo… —deslizó Axel, consciente del efecto que causaba en Mario.

—Enfermo de mierda… —fue lo único que atinó a contestarle aquél, previendo lo que vendría.

—Para mí sos un tipo atractivo, lúcido, interesante… Debe ser terrible para alguien como vos, no poder hacer el amor… No funcionar como hombre…

Mario acusó la frase como una trompada, la primera que se dieron. Después deshizo los diez metros en pocos saltos y lo arrastró con el envión. Cayeron abrazados sobre la plataforma; Axel se deshizo de las manos que le aferraban el cuello con un codazo en las costillas; Mario lo soltó para pegarle una, dos, tres trompadas. La cara de Axel parecía no poder resistir más golpes, Mario se acercó respirándole odio y el cabezazo lo sorprendió entre los laureles de una pelea ganada, pero no, porque ahora su contrincante se le había subido sobre el pecho, inmovilizándole los brazos con sus piernas, y dos manos como tenazas le comenzaban a apretar el cuello, en el aparente deseo de hacerlo dejar este mundo. La boca de Mario se abrió, pidiendo aire. Axel alivió la presión, aunque no lo suficiente para que pudiera soltarse. Los dos rostros quedaron enfrentados por centímetros de odio. Mario supo lo que Axel estaba a punto de hacerle. Ese hombre, que manejaba a la perfección aquello que él nunca había podido controlar en su vida, acercó su cara y lo besó en los labios con furia, escandalosamente. Un beso largo, eterno, de saliva y desprecio. Después separó su cabeza y, sin salirse de arriba, todavía reteniéndolo por el cuello pero sin asfixiarlo, la dio vuelta hacia su entrepierna, que estaba abultada, y le comunicó:

—¿Quién dijo que vos eras impotente?

Axel tenía gusto a sangre en la boca, producto de alguna de sus cortaduras.

—Seguí pensando en mí, que te curás para siempre…

Se levantó y le dio la espalda, dirigiéndose hacia su auto. Escuchó que tosía. Saludó su cuerpo tirado con algunos bocinazos festivos, y se alejó.

Mario tardó un buen rato en levantarse del suelo.

En el sueño de Cristina, Axel entraba a su cuarto y se metía en la cama desnudo. Ella, con miedo, le había hecho dejar todo en la puerta de calle, como si fuera una prueba de amor, o de hasta dónde podía llegar. Recién ahí, lo dejó pasar, y él fue directo a la cama, como un nene con frío. Al pasar, ella tomó un cuchillo. El se había tapado con la sábana. A través de la sábana, Cristina lo besó, humedeció sus tetillas con saliva y deslizó la punta del cuchillo desde el nacimiento del cuello hasta su sexo de pie. La sábana se rasgó a la altura del ombligo.

—¿Quién es? —preguntó, al creer haber oído el timbre.

—Cristina, abrime, soy yo —dijo Rogelio.

Ella bostezó, sacándose las lagañas de los ojos.

—¿Qué querés, Rogelio?

—No me llamaste más; no tengo noticias tuyas; el jefe no sabe nada. Abrime Cristina, por favor.

El reloj indicaba las nueve y cinco de la mañana. Ella se puso una salida de cama y le abrió.

—Vos nunca dormís más de las nueve… —dijo él, como si tuviera en sus manos la evidencia de un cambio importante.

191

—Pero ves, ahora sí…

—¿Puedo pasar?

—Bueno, pero no me hagas pasar un mal momento.

Rogelio entró y caminó hasta la mesada. Vio las dos tazas lavadas en la pileta y la cafetera a medio llenar. La tocó; estaba fría. Sobre la mesa, en el centro, la foto de Axel.

—¿Y este hombre, quién es?

—Un conocido. Nadie importante…

—¿Y si no es nadie importante, por qué tenés su foto sobre la mesa?

—¿Qué acabás de decir? No quedamos en no hablar de mis cosas…

Rogelio tocó la punta de la foto, dándole un giro para observarla del derecho.

—Perdoná… ¿Cómo estás?

—Bien… dormida…

—Nunca habías faltado tanto…

—No estoy faltando. Me tomé una licencia, pero no dejé de trabajar…

—Sí, ya sé. El caso de los tatuajes.

—Estoy en eso.

—¿Puedo saber algo?

—Me estoy volviendo una experta en tatuajes, Rogelio.

—¿Pero aparte de eso, no hubo nuevas víctimas?

—No, por ahora no. Dentro de un par de días voy a tener pruebas concretas, o voy a dar por congelado el caso.

—¿Y entonces, me vas a contar la verdad?

—¿Qué verdad?

—Lo que realmente te pasa con esta historia… Vos

192

nunca antes quisiste trabajar sola… ni siquiera te alteraste, ni te involucraste emocionalmente con ningún caso… El jefe y yo sabemos que esto es diferente…

—¿El jefe te habló de esto?

—No. Y, justamente, con su silencio, fue más claro que cualquier dato…

—Cuando esto termine vamos a hablar…

—No veo la hora que acabe este caso, así volvemos a estar juntos en la policía.

—No sé si quiero volver a la policía…

—¿Qué? Pero, Cristina, ¿cómo decís eso?

—Sí. En este momento, realmente, no sé si quiero mandarme a mudar de acá y empezar de nuevo…

—Estás muy confundida…

—Puede ser, pero lo que sí tengo en claro es que antes voy a resolver este caso, para siempre.

—Sí, ¿qué necesita? —preguntó Marta, observándolo por la mirilla.

—Tengo unos textos para traducir… —contestó Axel.

—¿Al inglés o al francés?

—Inglés.

Marta abrió la puerta diciendo "adelante…" Lo invitó a sentarse; él dejó las carpetas sobre la mesita ratona.

—¿Para cuándo los precisa?

—Para ayer —sonriendo.

—Claro, como buen ejecutivo, quiere todo para ayer.

—Es una broma. Prefiero la calidad y no el tiempo. Pero si es para ayer… mejor.

—¿Bueno, dónde lo llamo para avisarle?

—Prefiero llamarla yo a usted.

—Bueno…

—¿Marta, no?

—Sí. ¿Y usted?

—Por favor, mejor nos tuteamos… Yo soy Rodrigo.

A Marta le pareció un hombre muy entrador, con una sonrisa francamente simpática.

—¿Cómo supiste de mí? —le preguntó.

—Vengo de visitar a un amigo, aquí a la vuelta, que es quien me entregó estas carpetas y, cuando iba para el auto, vi tu cartel afuera. Me queda bárbaro dejártelas a vos, porque después tengo que volver con el trabajo traducido a lo de este amigo…

—Casualidades de barrio…

—Sí, los barrios son fantásticos para vivir, más cuando tenés chicos…

—Bueno, yo no tengo chicos…

—Ya vendrán…

—Por ahora, seguro que no. Estoy separada de mi marido.

—Lo lamento… aunque más lo debe lamentar él.

—No sé. No creo. Ya me separé hace un año y todavía no puedo pensar con claridad en lo que pasó.

—Bueno, entonces pensá… en el presente. Una mujer tan hermosa y, por lo que veo, profesional… independiente…

—Gracias, ¿no querés venir todas las mañanas, a levantarme el ánimo…?

—No me insistas mucho… además, ahora estoy aquí, y es un placer hacerlo…

Adentro de su oficina, Mario ató todos los cabos. Su mente razonaba en base a la memorización de dos o tres frases oídas, y a la cronología de los hechos. Para eso, para pensar racionalmente, como era preciso en estos momentos, era necesario servirse, por lo menos, un whisky, y escuchar a Tchaicowsky. La compactera todavía seguía andando, pero el compact saltaba en dos o tres lugares. "Yo te puedo ayudar con tu problema..." ¿Cómo sabía Axel que él tenía ese problema? "Disculpe, mi hijo me dijo que había un hombre aquí". Tenía en la cabeza grabada la imagen del chico gritando "¡No era él, era otro!". ¿Era otro, quién? ¿Axel? Tocó la foto en la que abrazaba a Marta, arriba del escritorio. La agenda estaba abierta en la página del índice, cuando entraron con Clarisa; se acordaba bien de este detalle porque siempre la cerraba antes de irse, como una costumbre, y esa tarde le había parecido muy raro...

—Marta... —dijo, y una intuición de peligro lo hizo levantar el tubo y discar.

"Por favor, por favor atendeme", pensó.

Axel se acercó hasta su cara y le dio un pequeño beso. Ella se quedó con los ojos cerrados, temblando, como esperando más. Le apoyó la punta del índice sobre el labio inferior y ella abrió aún más la boca. Axel la rozó con la palma abierta de la mano, y Marta recostó allí su cabeza. El teléfono sonó varias veces. Ella no iba, así nomás, a interrumpir lo que podía comenzar a pasarle. Pero el timbrazo se hizo tan insistente que la hizo reaccionar, levantándose para alzar el tubo. Cuando llegó a él, dejó de sonar. Dirigiéndose a Axel, le dijo:

—Necesito tomar algo… ¿Qué te traigo?

—Cualquier cosa, con tal de que vengas enseguida…

Ella salió hacia la cocina, cuando el teléfono comenzó a sonar de nuevo. "Podés atender, por favor", gritó, sin darse vuelta. Axel levantó el tubo. Sin alterar la voz, dijo "hola". Del otro lado, Mario enmudeció temporalmente, para sacudirse de furia, explotando frente al auricular.

—Escuchame bien, hijo de mil putas —aclaró—. Si te atreviste a tocar a Marta, te voy a cortar en un millón de pedazos…

Axel respondió, como divertido y en voz lo bastante baja para que ella no oyera desde la cocina:

—No te calentés, che. Hablando de pedazos, si te apurás te guardo alguna porción, y si venís con buena onda, te dejo que te prendas vos también, total Marta es una mina que se aguanta todo… —y cortó, justo cuando ella venía con una bandeja. La sonrisa de ella era ambigua, casi con miedo. Axel dijo:— ¿Qué pasa? ¿Nunca te besó un desconocido, por la mañana?

Marta bajó la mirada hacia el piso.

—Sí… una vez —contestó—. Una sola vez y me arruinó la vida.

—¿Por eso temblaste cuando te besé?

—¿Temblé?

—Sí, pero no como una hoja… temblaste desde adentro…

—No sabía que aún quedaban hombres perceptivos…

—Es una especie en vías de extinción… ¿viste?

—Estuviste con muchas mujeres, ¿no…?

—Te juro, Marta, que eso no quiere decir nada… Hubo una época en que yo sabía muy claramente lo que quería de una mujer… Y siempre lo lograba.

—¿Y ahora, ya no?

—No, ahora me sorprendo yo mismo a cada instante. Tengo una mujer en mis brazos y un plan absolutamente coherente de lo que quiero hacer… Pero esa mujer empieza a hablar, y se altera todo el panorama… Yo siempre hice lo que quise con las mujeres y, en estos últimos tiempos, ellas están cambiando las reglas del juego.

—Habrás conocido alguna especial, de esas que pueden cambiar los esquemas hasta del hombre más seguro…

—Sí. Conocí a una de esas mujeres… pero no es sólo eso. No es ella. Hubo otra, y otra que… No, no son ellas… soy yo. Fijate en tu caso: vos temblaste con la mirada… y yo, de repente, sentí… que vos amabas a otro hombre…

—Es que yo todavía amo a mi marido. Y una vez… una mañana… hice el amor con otro hombre… aquí, en mi casa… en mi cama… gocé durante diez minutos… y me cagué la vida para siempre…

—¿No es demasiado, decir eso?

—No. No es sólo este año de separación… es mi orgullo, mi resentimiento, el desprecio a mí misma, el que yo desaté contra mi marido… Como era lógico, la primera vez que sos infiel, todo sale mal… y Mario, mi marido, lo descubrió…

Marta se detuvo para tomar aire, apoyando la bandeja sobre la mesa. Axel calculó que él estaría por llegar en cualquier momento.

—Volvió ese mismo día y, sin decir palabra, se llevó sus cosas, lo mínimo, y se fue... me dejó todo lo que tenemos... y el alma rota para siempre... —lagrimeando— rota de vergüenza, rota de dolor, de soledad...

—¿Y ahora, cómo es tu relación con él?

—Mala, muy mala. Me llama para saber como estoy y yo lo insulto. Se acerca a mí y yo lo rechazo, hiriéndolo cada vez más...

—Ahora que pudiste largar todo eso, quizás te sea más fácil hablar con él, cuando lo veas...

—No sé... él no se merece una mujer que no supo, ni quiso, enfrentar las cosas con inteligencia, o con sentimientos...

—Ninguno de nosotros es fácil. Seguro que vos no fuiste la única culpable... y seguro que él debe estar desesperado por compartir con vos, su propia culpa...

Axel se acercó a su cuerpo para besarla por última vez; después la separó y, yendo hacia la puerta, intentó despedirla con un corto abrazo. Ella lo agarró del cuello con ganas de retenerlo para desahogarse y llorar. El estuvo a punto de abrazarla aún más intensamente, conteniéndola, pero estaba apurado por irse, y dijo "me voy porque se me hace tarde". Bajó los dos escalones del hall y salió caminando apresuradamente, como si lo persiguiera una sombra.

13

El revólver bailaba en el bolsillo derecho de su saco cuando lo apretó, al tiempo que también apretaba los dientes y el freno, en medio de la brusca maniobra que lo depositó contra el cordón, frente a la puerta de Marta. Gritó su nombre, golpeando la puerta. Sacó el revólver y apuntó a la cerradura. Antes que sonara el disparo, la puerta se abrió.

—¿Marta, estás bien? —preguntó Mario.

—Sí… ¿qué pasa?

El entró como una tromba, apuntándole al aire, con una mano. Con la otra revisó el cuello de ella, su cara, como esperando encontrar algún golpe.

—¿Dónde está, dónde está, Marta?

—¿A quién buscás?

—Al hombre que estaba recién con vos…

—¿Rodrigo?

Mario se acercó a ella, gritándole. La tenía aferrada por los hombros.

—¿Dónde está?

—Se fue —contestó ella, asustada—. Recién se fue. ¿Qué pasa? ¿Por qué lo buscás?

—¿Qué te hizo?

—Soltame. No me hizo nada. ¡Estás loco!

—Mostrame el cuerpo... Mostrame el cuerpo...

—¿Qué decís; por qué? —retrocediendo.

—Mostrame los pechos...

—¡Estás loco, Mario!

Sin soltar el revólver, de un tirón le desgarró la blusa. El movimiento arrastró también un bretel del corpiño, y fue muy fácil para él arrancárselo del todo. Ella largó un grito que habilitaba el llanto, tapándose con los brazos su desnudez.

—¡Dejame! ¡Dejame, o llamo a la policía!

Mario se quedó atontado. No tenía la marca del tatuaje, ni moretones, ni rasguños. Dejó caer, en su inconciencia, el arma sobre el sillón sobre el que se sentó ella. El llanto de la mujer era bajito pero histérico, coronando sus nervios y lleno de hipos. En ese momento, sonó el teléfono. Mario enseguida comprendió que era él quien llamaba. Lo dejó sonar una, dos, tres veces, y levantó el tubo sin hablar.

—¡Tranquilo, loquito! Y no hagas macanas —la voz de Axel lo dejó más desubicado todavía—. Tenés una mina diez puntos. Aunque yo hubiera querido hacerle algo, Marta no se hubiera dejado. Creéme, forro, a esa mujer sólo le importás vos.

Mario pensó cómo hacía para adivinar todo. Marta,

200

con la boca abierta, suspiró entrecortadamente, sacando un pañuelo con flores de su bolsillo.

—¿Che, Mario, es verdad que vos y yo vamos a terminar siendo grandes amigos…?

—Nunca más te atrevas a acercarte a mi mujer… —dijo, con tono lapidario. Marta escuchó la frase con seriedad extrema.

—¡Ese es un hombre, carajo! —dijo Axel, festivo—. Bueno, te mando un beso y te dejo con Marta, así arreglan el mundo…

Mario dejó caer el tubo sobre el teléfono tan lentamente como se lo permitió el brazo. Ella lo miró con más miedo que al principio. Era hora de hablar.

—¿Pero entonces, por qué fue un caballero? —insistió Marta.

—Es parte de su patología —le explicó él—. Puede ser el hombre más seductor, y al rato cometer los actos más abyectos…

Marta negó, incrédula, con la cabeza.

—¿Y si es algo personal con vos, por qué no intentó dañarme?

—Porque quizás lo único que quiera demostrarme es que puede llegar a mí, en cualquier momento y de cualquier forma…

—A través mío, por ejemplo…

—Sí, a través de lo que más quiero…

"Axel llama a su mamá, aunque ya no es un nene, está acostado en su cama, vestido y sin zapatos. Quiere que vean juntos la película. La madre viene, tiene la misma cara de anciana enferma sólo que no está inmóvil sino que camina, se tiende a su lado, sonríe y lo besa en la frente y los labios. Axel recibe los labios de su madre entre los suyos como una bendición. Está contento con que ella tenga los ojos abiertos, así puede ver el video. Cómodamente sentado, él aprieta el control remoto. Donald O'Connor ejecuta sus *gags* en el número "Hazlos reír", de *Cantando bajo la lluvia*. La madre le agarra la mano libre; Axel sube el volumen. Ambos, como si lo hubieran planeado, gritan la carcajada.

El timbre, sí. Axel sacudió la cabeza para despertarse. Se calzó las chinelas. Pegando el ojo a la mirilla, la vio, envuelta para regalo. Ruth, finalmente, Ruth. Abrió la puerta y dijo, con notable sobriedad:

—Hace días que te estoy esperando.

—¿Me invitás a pasar? —preguntó Ruth.

—Como si fuera tu casa…

Ella llegó hasta el centro del estar y dio una vuelta sobre sus tacos, exclamando:

—Yo me imaginaba un lugar así…

—Sos la primera mujer que entra aquí… —dijo Axel.

Ruth lo miró extasiada.

—¿Podés besarme? —le preguntó, tímida.

El se acercó a su vestido con ternura, le inclinó el mentón y le vació un largo beso. Ella sintió que se desvanecía. Axel la sostuvo con firmeza entre sus brazos, cuando las piernas de ella se aflojaron, pidiendo piedad.

Ya en la cama, ella sintió que la situación le era familiar; sus caricias, sus lamidas, su calidez… Se lo dijo.

202

—Sólo que la otra vez que te despertaste, yo ya no estaba y ahora sí… —añadió él.

—Viste cómo te encontré…

—Sí. Y bien poco que tardaste…

—¿Y ahora, qué voy a hacer?

—Primero, te traigo algo de tomar…

—No, por favor. La última vez que me ofreciste eso, me dejaste marcada para siempre.

Axel sonrió.

—Supongo que ya sabés cómo me llamo —dijo.

—Axel Gerber —dijo ella, como revelándole un secreto.

El llevó dos latas de cerveza y dos porrones, para que ella misma se sirviera la suya, sin desconfiar.

—Supongo que muchas mujeres quisieron encontrarme una segunda vez… por supuesto, con distintas intenciones…, pero vos sos la primera que lo logró, y me alegra que así sea…

Ruth se sentó sobre la sábana.

—¿Quién sos, realmente? —preguntó.

—Ni yo mismo lo sé…

—Me pasé días enteros pensando lo que te diría cuando te encontrara…

—Y ahora no te sale ni una palabra.

—No creo que tenga sentido hablar…

El tomó sus manos femeninas y suaves entre las suyas. La luz de la tarde se filtraba a través de las persianas bajas. Todo se volvió tenue; su piel, la claridad de los ojos, la curva de sus senos. Ella recostó su rostro contra su pecho y el hombro. ¿Qué más había que pedir a la felicidad, que una tarde de sensaciones, de recuperación del pasado, de plenitud? Aunque la plenitud pudiera tener sólo la duración de esa tarde. La mano del hombre incursionando entre sus piernas, acariciándola por adentro. La introducción lenta, el espasmo, el abrazo armonioso, recibiendo a ese cuerpo que tanto amabas, Marta, con esta sensación de poder hacerlo, con estas lágrimas de Mario. Marta y Mario haciendo el amor. Estas lágrimas nuevas que no van a parar hasta que vuelvas del todo, hasta que la vida retorne a la tranquilidad, hasta rehacer el hogar. Hasta volver a obtener otra foto como aquella que los mira desde el escritorio del despacho.

Axel lo había ayudado.

En lugar de cansarla, la gimnasia de la tarde la llenó de energía. Cristina, esperando bañarse al llegar a su casa, caminaba con la mente llena de mugre. Su pensamiento era furioso. Caminaba pateándolo, pisándolo, aplastándolo por la calle. Con las calzas sudadas y un bolso colgando del hombro.

Una barra de muchachos sentados en un umbral le hizo una reverencia grosera. Uno de ellos, el cabecilla, gritó:

—¡Dejame que te toque ese culo, mamita!

Los otros lo festejaron a carcajadas. Cristina se detuvo y giró, enfrentándolos. Impasible, les preguntó quién de ellos quería tocarle el culo.

Los muchachos se quedaron secos. El que estaba tomando cerveza dejó la botella en el suelo y codeó al que tenía al lado. Eran cuatro, de entre veinte y veintipico de años, con la barba crecida y desaliñados.

—¿Alguno de ustedes se anima a tocarme el culo? —repitió ella, a los gritos.

—Dale, Sapo, la mina te está hablando... —dijo uno. El Sapo se rió.

—¡Dale Sapo, agarrá viaje!

La gente comenzó a detenerse para mirar.

—¿Qué te pasa, Sapo? —gritó Cristina, defendiéndose—. ¿Es fácil decirle a una mujer que pasa que le querés tocar el culo, y tan difícil hacerlo cuando te lo pide?

El Sapo la miró, tenso. Estaba serio, sus propios compañeros lo cargaban:

—Sapo, no seas puto...

—¡Sapo, cagón, la piba te está esperando!

—¡Sapo marica!

Varios espectadores compartían la escena con atención.

—Sapo, yo no creo que vos seas puto y cagón... —arremetió Cristina—. Yo creo que vos te vas a animar a levantarte y a tocarme el culo como un hombre... Como un hombre que sabe que, si le dice algo a una mujer, después tiene que cumplirlo...

El Sapo estaba rojo de humillación. Encima la vio ponerse medio en cuclillas, acercándoselo para que lo tocara, como el colmo de la cargada... Uno de los pibes le gritó:

—Sapo puto, si no te la levantás ahora, no te aparezcas más cerca nuestro, porque el culo te lo vamos a romper nosotros.

Cristina lo miraba desafiante, desde su propio hombro. El Sapo dio un paso. Su cuerpo estaba a un metro de la mujer.

—Tanto que querías tocarme el culo, mirá todo el quilombo que armaste... apurate, que no aguanto más... ¿Me lo tocás, por favor?

La mano del Sapo, temblorosa, indecisa, comenzó a subir hacia Cristina. La barra lo alentaba a los gritos. La risa de la gente se cortó de un tijeretazo cuando, a centímetros de las calzas tensionadas, el cuerpo de Cristina dio un giro atrapando el brazo del muchacho en el aire y doblándoselo por la espalda. Con la otra mano le tiró del pelo, volcándole la cabeza para atrás, y de un rodillazo certero lo hincó sobre las baldosas. La cara del Sapo se estampó contra la piedra. Todos hicieron silencio, salvo algunos paseantes que comenzaron a aplaudir.

—Ves, pedazo de imbécil, la próxima vez que amenaces con tocarle el culo a una mujer por la calle, mejor decidite y hacelo rápido... no sea cosa que el culo terminen tocándotelo a vos... ¿Entendiste?

Como el muchacho no contestara, ella le retorció el pelo y el brazo.

—¿Entendiste? —repitió.

—Sí... —susurró el Sapo.

Y después, hacia el resto de la patota:

—¿Algún otro me quiere tocar?

—Déjeme hacerlo, jefe —dijo Rogelio.

—Si te dejo, estaría desautorizando a Cristina —replicó el jefe.

—¿Pero, cuánto tiempo más le va a dar?

—Quedé con ella que sólo hasta este fin de semana.

—Jefe, Cristina está metida en algo serio...

—Todos los casos son serios...

—Este es distinto. Cristina está totalmente cambiada.

—Puede ser… eso no es necesariamente malo…

—Yo la conozco más que usted.

—Pero no tanto como te gustaría…

Rogelio se rascó la cabeza, visiblemente preocupado.

—Jefe: Cristina oculta cosas…

—Si tiene algo en su poder, no tiene por qué compartirlo con nadie, hasta verme a mí, el lunes.

—Usted parece no querer escucharme…

—Mirá, Rogelio, es la primera frase acertada que decís. No quiero escucharte.

—A mí me importa ella…

—Entonces, respetá su trabajo y su silencio. Ni se te ocurra meterte en el medio.

Rogelio salió de la oficina con su peor cara de disgusto.

Axel despidió a Ruth en la puerta, con su camisa desprendida y en slip. Sin somnífero ni jeringas. Así, simplemente; ella vestida con su mejor ropa y el con su mejor sonrisa.

—Ya sabés donde vivo… —le dijo.

—Vos estás jugando siempre en el límite… —dijo ella—. En algún momento podés dar un paso en falso… Cuando sientas que todo se te va de las manos y necesites refugiarte en alguien… entonces sabé que yo voy a estar…

El la besó y se quedó solo. Fue hasta el baño, abrió el agua caliente y le puso el tapón a la bañera. En la pieza se sacó la camisa y el slip, se sirvió un jerez y llevó la espuma para afeitarse, su navaja y el teléfono inalámbrico al baño. El aerosol de espuma se le cayó al entrar. Colocó un espejo colgante en posición central, para poder verse la cara mientras se bañaba, y se metió en el poco de agua que iba subiendo. Se estaba poniendo crema en la barba, cuando el teléfono sonó. Se limpió parte de la espuma del lado derecho con la toalla, mirándose en el espejo.

—¿Hola? —dijo.

—¿Sigue en pie esa invitación para navegar? —preguntó la voz de mujer.

—¡Cristina! No veía la hora de que me llamaras...

—Todavía estaba recuperándome de lo de mi amiga...

—¿Ya está fuera de peligro?

—Físico, sí... psicológico, nunca se sabe...

—¿Querés que te pase a buscar ahora?

—No. Ahora no. Esta noche quiero descansar de tanta tensión. Pero mañana sí...

—Te busco temprano y nos vamos a navegar...

—Si no tenés nada mejor que hacer el fin de semana... —dijo ella, con intención.

—¿Nos debemos algo, o ya te olvidaste?

—Nunca olvido facilmente.

—De todos modos, va a ser un placer recordártelo.

Cristina suspiró, agregando:

—Puede que el placer también sea mío...

—Valió la pena esperar. Por el tono de tu voz, ya te noto recuperada... tan diferente a la despedida de la otra noche...

—Estoy dispuesta a vivir un momento especial, solos, sin interrupciones de ninguna clase.

Axel se estremeció.

—Me gustaría pasar ya mismo esta noche con vos...

—No. Depositemos todas las fantasías en la noche de mañana...

—Te aseguro que sí.

—Yo también, Juan Domingo, yo también...

—Mañana, antes del mediodía, estoy ahí.

—Te espero.

Ambos cortaron. Axel agregó, en voz alta: "Cristina, vos sos la pieza más preciada". Ella, a su vez, también agregó algo:

—Va a ser la última vez que salgas a navegar con alguien en tu vida —dijo.

14

Axel estacionó frente al edificio de Cristina, y cruzó la calle. Era un día radiante de sol, ideal para salir a navegar. Ella bajó con un bolsito en la mano, pollera corta con calzas grises por debajo, zapatillas, un buzo y una campera inflada. Axel tomó su bolso y abrió el baúl. Adentro del auto se dieron un beso intenso, que duró algunos segundos. El le dijo: "estás bellísima, mujer policía", a lo que ella contestó que iba a tener que acompañarla, como si fuera un arresto. Se rieron, mientras el auto arrancó. Rogelio, que seguía la escena escondido detrás de un árbol, bajó del cordón. El labio inferior le sangraba de tanto mordérselo.

Las marinas los recibieron con su colorido a cuestas. Los muelles de madera salían de la costa perpendicularmente, como si fueran los dientes de un gran peine. El río estaba calmo, y los mástiles se entrecruzaban en un gran bosque de palos, sogas y velas. Varias personas lo saludaron desde otros barcos. El dio un salto, recogió su bolso y una heladerita que le pasó Cristina, y la vio dudar, sin saber donde apoyar el pie.

—¿Así que es la primera vez que subís a un barco?

—Espero no marearme... —dijo ella, tomándose de su mano extendida.

—¡Ah, no! ¡Eso no! En este fin de semana no valen las excusas... ni antes, ni durante, ni después.

—Qué confianza te tenés... Das por sentado que...

Axel la interrumpió.

—Vamos a tener un encuentro memorable —dijo, remarcando las sílabas.

—Mirá que cuando las expectativas son muy grandes, después vienen las desilusiones —bromeó ella. Tambaleaba, caminando por el borde de cubierta, agarrándose de los tensores y de la vara del foque. Axel le indicó a un chico que, desde el muelle, soltara amarras. Con el brazo estirado, el chico alcanzó su propina. Axel, con paso preciso, dijo, dirigiéndose hacia ella:

—Con nosotros no... Yo creo que lo que nos va a pasar, es aún mayor de lo que podamos imaginar...

Cristina estaba sentada, cuando él encendió el motor. Los movimientos del barco eran medidos, ronroneantes, mínimos. Había que darle con la hélice hasta dejar la zona de amarras. Axel se calzó una gorra, maniobrando con el timón. Ella comenzó a ordenar los bultos que habían traído.

—¿Es la ropa para el fin de semana, o para que nos mudemos juntos? —le preguntó, viéndola sacar dos, tres pulóveres.

—Un buen fin de semana te puede marcar para toda la vida —contestó Cristina.

Antes de izar las velas, Axel decidió mostrarle el barco. No era un barco muy grande; la llevó desde afuera —la antecámara, dijo—, con un toldo, por si el sol abrasaba; la cámara de cocina, que de tan minúscula les hizo recordar a su kitchinette y la habitación, con un colchón doble cubierto por un plumón verde oliva. El cuarto era de altura muy baja, y había que pasar la puerta agachado. Las paredes eran de madera barnizada. La cabina del timonel estaba arriba, un pequeño cuadradito con menos espacio que la cocina.

Al llegar a la cama, Cristina se tiró de costado, con sus brazos extendidos y sus piernas semidobladas. Con la cabeza reclinada sobre el hombro, miró a Axel, intensa y sensual. El avanzó hasta colocarse cerca de su cuerpo, la tomó de los muslos abiertos y la arrastró, hasta apoyarle la entrepierna sobre su abdomen. Levantándole el buzo, descubrió el corpiño. Mitad agachándose sobre la piel de su vientre y mitad subiéndole el cuerpo, con las manos en sus nalgas, Axel metió la punta de la lengua en el ombligo desnudo. Una pelusilla oscura cubría los alrededores del ombligo de Cristina, así como también sus brazos y el final de la nuca. Axel se estremeció de gusto. Deslizó sus manos debajo del corpiño, recorriéndola delicadamente desde la espalda. Parecía que su propio tacto estaba emocionado por la aventura. Cristina entornó los párpados, como empezando a dejarse ir. Las manos de Axel se abrieron camino hacia su pelo, sus mejillas rosadas, la piel de su frente. Uno a uno, acarició sus párpados con los labios. Ella levantó una mano, colocándola sobre la boca acariciante, a la que apartó de su cara. Axel abrió los ojos. El calor que generaba la proximidad de los cuerpos les erizaba la piel a los dos, para que sintieran más. Ella sonrió, y dijo:

—Necesito levantarme un minuto.

Axel asintió, extrañado por el control de su compañera, y no atinó a moverse. Cristina, corriendo el cuerpo hacia atrás, levantó una pierna sobre su cuerpo, incorporándose ágilmente. Axel siguió su recorrido con la vista, desde la misma posición. Ella cerró la puerta corrediza del mínimo toilette, sin siquiera mirarlo. Al pasar, juntó del piso una bolsa de género azul. Axel aprovechó para separar su equipo de tatuar, extrayendo una pastilla y escondiéndolo debajo de la cama, para después guardar la pastilla en el bolsillo derecho de su camisa.

—¿Estás bien? —le preguntó.

—Sí, ya salgo —dijo ella.

Cuando corrió la puerta, él estaba acostado, con la camisa abierta. "¿Me extrañaste?", preguntó ella, con voz cadenciosa. Se había sacado las calzas. Axel asintió y golpeó la cama a su lado, invitándola a acostarse. Por un instante se imaginó que también se había sacado la bombacha, y que lo único que tenía puesto debajo era esa pollerita tableada. "No voy a hacer lo que vos quieras", pensó Cristina y, asomándose a la pequeña cocina de la antecámara, dijo:

—Prefiero navegar antes de que oscurezca.

A través del recorte de la puerta se veía un triángulo de cielo límpido, absolutamente rabioso.

Al no haber viento, era inútil que desplegaran las velas. Axel se dispuso a hacer una larga travesía a motor.

213

La nave cortaba la superficie del agua como si fuera manteca blanda. Cristina se puso unos anteojos de sol que le hacían la cara más esbelta, y se sacó las zapatillas y el buzo. Tenía puesta una malla de dos piezas. El sol empezaba a calentar, y no se lo iba a perder por nada del mundo. Estiró su cuerpo elástico sobre cubierta, apoyando la cabeza en una toalla doblada. En la costa, la vegetación se abigarraba para verla, mojando sus puntas en el agua. Ella quiso ser como un sauce, y colgó su brazo por la borda. El agua del río le salpicó la mano.

Comieron algunas frutas; ella no quiso tomar nada. Las peras, según Axel, estaban exquisitas, pero Cristina optó por las manzanas, que se veían buenas. Con una copa de vino blanco helado en la mano, Axel trató de explicarle cómo se comandaba. Ella se puso sobre los hombros la camisa que él había dejado en la cabina, porque le dieron chuchos de frío, después de haber estado tanto tiempo al sol. Tenía la piel afiebrada y roja. Axel trajo una crema dermatológica de la pieza. La sentó sobre el asiento de cubierta y desató dos cuerdas que sostenían el toldo. Maniobrando de pie, la lona se extendió. Una brisa suave bañó el cuerpo de Cristina. El se sentó a su lado. Destapó el pote de crema, que tenía olor y color a zanahoria. El barco andaba muy despacio, cursando el agua inmóvil.

—Ahora sí que no podés escaparte —le dijo.

—¿Y quién dijo que quiero escaparme? —contestó ella, recibiendo con un escalofrío el contacto de sus dedos con crema. Axel comenzó a untarla en círculos, cubriendo cada espacio de su piel. Las manos buscaron sus hombros calientes, haciendo caer la camisa. Acercó su cara para besarla y ella agregó, escondiendo los labios de la proximidad del beso:

—Además, si la cosa se pone dura, siempre me puedo volver nadando…

El masaje de Axel le sentaba bien, tanto que se estiró, para recibirlo sobre las piernas y los pies. Tenía unos pies perfectos, observó él. Recorrerla con las yemas de los dedos era algo maravilloso; la crema formaba mapas naranjas de flores y caracoles, que se iban deshaciendo en la persistencia del contacto. Eran tatuajes efímeros, inmediatos, absorbidos por el mismo cuerpo del delito. ¡Ah, ese preámbulo al dibujo del verdadero dragón, era tan excitante para Axel, que no pudo contener una erección, tal vez la más grande de su vida! Ella buscó el buzo, para ponérselo. El volvió a recomenzar un minuto después, todavía tenso, directamente sobre el cuello, y decidió que estaba listo para el tatuaje, que la quería tener, amarla, poseerla. Esa mujer era una maravilla sin límites. Metió las manos en el escote para ir sobre sus pechos, y Cristina le dijo que ahí no tenía ninguna contractura, actuando con humor sobre su excitación, sobre su sangre agolpada en el sexo luchando por salir del pantalón.

—Relajate más —dijo Axel, poniéndose de pie y bajando a la cocina con la camisa en la mano—, mientras voy a buscar algo para tomar.

Ella iba a decirle que no, pero lo de él era una imposición. Volvió con dos copas llenas de vino y le dio una. Tenía la camisa puesta, con los dos botones de abajo abrochados.

—No escarmentaste el otro día, cuando tomé alcohol por última vez… —dijo Cristina.

—Te reíste tanto que te pusiste más hermosa todavía

—contestó él, golpeando las copas, en un brindis prematuro.

El tomó un sorbo, expectante. Cristina apoyó la copa en sus labios y, en un gesto insólito para él, la dio vuelta por la borda, con un movimiento rotundo. El vino infectado se mezcló con el agua del río. Lentamente, sintiendo cada palabra, ella dijo:

—Quiero estar absolutamente sobria... y disfrutarte cada segundo.

—¿Cada segundo? —repitió él.

—Sí... y cada centímetro de tu cuerpo...

—¿Y qué esperás?

—A que oscurezca —dijo ella, totalmente segura.

—Entonces el barco se va a convertir en un juego de escondidas para adultos... donde el que gana decide y el que pierde se somete... —inventó Axel.

—Me parece que vos viste mucho cine...

—¿Vos no?

—No. Yo sólo veo dibujitos animados...

—Entonces, vas a tener que confiar en tu imaginación...

—Mirá que, a veces, el alumno supera al maestro... y la imaginación le gana a la experiencia...

—Cuando hablás así parecés tan peligrosa... eso me excita mucho más...

—A vos lo que te excita es que yo sea policía... ¿O te atrevés a negarlo?

—No. Cómo voy a negarte algo que te estoy confesando con el cuerpo, desde el primer día que te vi.

—Bueno, en ese primer momento tenías el cuerpo más bien maltrecho, y no creo que te pudieras excitar mucho...

—Pero, cuando salí de tu departamento, un rato después, supe que lo que más deseaba era hacer el amor con vos, y poder develar todo tu misterio.

—¿Tanto creés que oculto? —preguntó ella.

—Mucho más de lo que vos misma te imaginás.

Mario salió del ascensor con Marta de la mano. Encaminados hacia su despacho, él encendió la luz del hall: había alguien sentado en el piso, con la espalda vencida por el sueño y apoyada sobre su puerta, de tanto esperarlo venir. Una mujer. Una mujer aburrida. Clarisa, levantando su cara hacia la pareja. Su cara de tristeza, comprendiéndolo todo. Pensando: "en todas las historias hay un mártir, y en ésta me tocó a mí". Refregándose los ojos con violencia, para no ver.

—Ella es Clarisa —dijo Mario, con pesar. Intentando ser tan claro como siempre había sido, se dirigió a la muchacha doblada para explicarle:— Clarisa, te presento a Marta, mi mujer…

Y el mundo se desmoronó para ella, que comenzó a incorporarse lentamente, apoyándose contra la puerta de la oficina. Ya no quedaba otra cosa que irse, darle a él un pequeño empujón con el hombro al pasar, y bajar corriendo las escaleras. Mario no atinó a agregar nada. Le daba lástima, pero así estaban dadas las cartas. Marta lo vio contener un suspiro y se ofreció a entrar sola al despacho.

—¿Querés ir a hablar con esa chica? —preguntó, solícita, entendiendo.

—No. Ahora no.

Entraron. Sobre el escritorio, Marta vio la foto.

—¿Siempre estuvo aquí? —dijo, cambiando de tema—. ¿O la pusiste a último momento, para que yo la vea?

Mario se sentó en el sillón sin contestar, con las piernas extendidas y la cabeza tirada para atrás.

—La última vez que vi tu nombre en los diarios, fue con lo de la estafa a una compañía de seguros muy grande, no me acuerdo el nombre…

—El Alba —dijo él.

—Te mencionaban como el único que descubrió a los responsables, y como la fuente de las pruebas para la policía.

—Fue un buen caso. Rápido… los agarramos a tiempo.

—¿Y con respecto a este hombre? ¿Axel, no? ¿Se terminó el caso?

—Para mí, sí… pero, si se vuelve a acercar a vos, lo mato…

Marta se hinchó de orgullo, al oír que la defendía con tanta pasión.

—¿Y vos? —agregó.

—¿Qué? —contestó Mario.

—¿Vos no pensás verlo nuevamente?

—No sé —dijo él y, acordándose de algo, se levantó del sillón—. Sé buena y aguantá con los ojos cerrados.

Marta hizo lo que él le decía.

—Apurate.

Mario abrió la heladera y sacó un plato con el postre preferido de ella. Llenó una cucharada y, llevándola hasta su boca, le dijo:

—Es algo que te va a gustar… Confiá en mí…

Marta lo paladeó sin abrir los ojos.

—Mmmm, dulce de leche con coco rallado…

—Pero coco fresco, recién rallado para vos…

—¿Cómo fresco si, desde hace un año, no podías saber cuándo yo vendría aquí…?

—Si supieras todos los cocos que tuve que tirar, esperando este día…

—Y si alguna amiga te pedía, ¿qué le decías? ¿Que lo tenías reservado para mí?

—Si lo decís por Clarisa, no le gusta el dulce de leche… pero, desde el primer día, supo que yo seguía enamorado de vos… ¿Y vos no comiste, desde nuestra última vez?

—La única vez que probé, me corté con el rallador.

—¿Y por qué no le pediste a ese hombre que te lo prepara?

—Porque nunca más lo volví a ver —dijo ella, y agregó—: Me sentía tan irritada con vos… conmigo… con el mundo… Ese tipo fue algo compulsivo… una reacción…

Mario escuchaba con atención, intensamente.

—Y ya ni me acuerdo de su cara…

El la abrazó y se quedaron compartiendo el silencio. De vez en vez se acariciaban, tocándose como adolescentes. Sin poder creerlo. Marta dijo, poniéndose una mano en el pecho para contener la emoción:

—Viste cuando uno quiere contar todo un año en un minuto, y se queda sin poder explicar nada…

—Por favor, no nos expliquemos nada más.

—¡Qué porquería es el orgullo!

—Uno siempre lo entiende tarde —dijo Mario.

—Aunque la vida, a veces, es generosa y te da tiempo a arrepentirte…

—Lo único que hoy tengo en claro es que, nos pase

lo que nos pase, en el futuro nunca nos tenemos que volver a dejar, al menos sin intentar luchar…

Marta se puso en guardia como si fuera un boxeador.

—¿Y vos cómo querés luchar? ¿Así… a las trompadas?

Ella le pegó una cachetada. Sorprendido, recibió un beso detrás, volcándolo contra la alfombra.

—¿O así… cuerpo a cuerpo?

Cuando el sol bajó, entre los dos corrieron el toldo. El crepúsculo tenía guardada una síntesis de la claridad de lo que había sido el día, con su diafanidad plena. Armaron una mesita a la intemperie, abrigados con las camperas, aunque el frío comenzaba a molestar. Axel recibió el jarro con sopa instantánea que ella le preparó, para darse calor. El puso un casette de lentos. Comieron unos sandwiches de miga y bailaron abrazados. Algunas luces de la costa iluminaban el paisaje, que comenzaba a oscurecerse. Axel encendió con el pie las luces del barco anclado. Las música los iba empujando hacia adentro del camarote, acompañando el resbalar osado de las lenguas en sus bocas. Como si saliera de un mal sueño, Axel le preguntó si nunca había matado a nadie. Ella no le entendió.

—¿Como policía, nunca mataste a nadie? —repitió.

—Sólo a algunos violadores —dijo ella.

—¿Te costó mucho hacerlo?

—Matar es difícil la primera vez —dijo, sin dureza—; después es simplemente sangre…

Entonces Axel se dio vuelta, ofreciéndole la espalda. Ella lo seguía abrazando desde atrás, aunque sin entender. Quizás quisiera ponerse de frente al horizonte, para poder ver, el también, el final del ocaso. Pero no; él descendió hasta sus piernas y, de golpe, la atrapó por debajo de las rodillas, haciéndola montar a caballo de su espalda. Ella acortó la distancia de sus brazos sobre su cuello, sorprendida. Axel tuvo que hincarse para poder pasar la puerta petisa del dormitorio; después la apoyó de boca sobre la cama, cayéndose también. La cabeza le había quedado, en la caída, justo enfrente de las piernas de ella, que dejó resbalar sus zapatos. Axel también se descalzó. Apoyó su nariz sobre su tanguita, soplando en la zona mojada. Después alargó el cuello, echándole aliento y pequeños mordiscos al triángulo de tela. Palpaba su monte de venus con la lengua, a través de la malla. Su fina cordillera de labios vaginales. La línea de separación de las nalgas. La lamida ascendió por la columna vertebral tomándose su tiempo; con distancia las manos comenzaron a buscar las partes de ella que se pegaban a la colcha. Cristina hizo un movimiento con los hombros para darse vuelta; el cuerpo de él ascendió como una tabla, elevado por el estiramiento de sus brazos velludos; Cristina quedó con su cara pegada a la de Axel, pidiéndole un beso. El apretó el cuerpo musculoso contra el de ella; las bocas, las piernas se unieron; el buzo se unió a la camisa. La excitación envolvió sus cuerpos antes que las sábanas. El estaba haciendo algo a lo que estaba acostumbrado y debería ejecutar con mecanicidad, sin embargo el deseo lo sacaba de quicio. Sin pensar, sin la frialdad de su pensar, no era Axel. Ella jugaba a atraparlo con sus armas; ese era el hombre que la había perturbado, humillado, por el que estaba obsesionada, al que había perseguido sin detenerse; sin embargo ahora era el mismo hombre que la desvestía, que la acariciaba, que la buscaba entre las piernas. Al que ahora volteaba sobre la cama, subiéndose sobre él, besándolo, buscándole los labios para mordérselos. El hombre al que estaba excitando y por el que se estaba excitando sin límite. Sádicamente, mordiéndole el lóbulo de la oreja, un dedo, la punta de la nariz hasta oírlo gritar, pero no de sufrimiento. Sin sufrir ninguno de los dos. Gozando y entregando placer. Ella vio mil veces esta escena: el violador que le arranca la camisa a su víctima. Ella la odió mil veces; luchó contra esa basura. Y ahora estaba repitiéndola con él, como si el acto de arrancarle la camisa a un hombre y de meterse su sexo adentro y sacudir la cadera con pasión, con violencia; y los gritos, los hilos de baba, los mordiscos al aire; no fueran ni más ni menos que el legado de ella, lo que le dejaron tantos criminales vistos y oídos, lo único verdaderamente sincero que pudo aprender en la vida. Y ahora se lo estaba enseñando a él, para verlo apretar los puños y sudar, soportando la presión de Cristina.

Los dos cuerpos gozaron, contra todo lo previsto individualmente por cada una de las mentes en vilo. Los dos se amaron hasta hartarse, hasta casi el desmayo. Se pidieron más y se dieron todo, cambiando las frecuencias, las palpitaciones, las idas y vueltas de sus orgasmos. Se supieron intensos, creativos, perfectos. Fue como si pudieran abandonar los cerebros sobre cubierta, solamente para poder sentir sin saber. Cuando acabaron ambos, cuando estuvieron verdaderamente seguros de haber pasado todo, cayeron desplomados sobre el piso y el colchón.

—Ahora no me decís nada… —respiró Axel, después de un rato de mirar el techo.

—Ya nos hablamos todo… —contestó Cristina.

—Sí… ¿Demasiado, no?

Ella afirmó con la cabeza.

—Nunca gocé tanto en mi vida… —se sinceró Axel, apenas moviendo el rostro para mirarla.

—Felicitaciones —sugirió Cristina.

—Estoy hablando en serio. Nunca le dije esto antes a nadie.

—No necesitás asegurarme nada… Yo la pasé muy bien…

Cristina lo miró a los ojos fijamente, como queriendo encontrar algo adentro, la raíz de su maldad.

—¿En qué pensás? —preguntó él.

—Prefiero no pensar.

—Entonces, tomemos algo… —sonrió Axel—. Para no perder el entusiasmo… ¿Qué te sirvo?

—Lo que vos quieras.

—¿Estás segura?

—Corro el riesgo…

Axel caminó hasta el minibar levantando, al pasar, la camisa. Sirvió dos whiskys, uno con la pastilla. Les puso hielo de la heladerita. Revolvió el de Cristina con el dedo. Ella se le acercó, por la espalda, para lamerle el cuello. El sonrió muy seguro, y se puso otro hielo en su vaso. Ella había dejado una pequeña zona mojada con saliva, la zona exacta para desmayarlo de un golpe certero. Cristina lo descargó con toda la furia; Axel entornó los ojos, balanceó la cabeza y cayó al suelo, derribando los vasos. Los cubitos de hielo rodaron en cámara

223

lenta, hasta escaparse del cuarto. Ella fue hasta su bolso para extraer la jeringa preparada, a la que sólo tuvo que sacarle el capuchón. Axel alcanzó a decir "¿qué...?", lastimeramente.

—No te asustes —dijo ella—. Es pentotal sódico... lo que vos usás siempre...

Ella se vistió rápidamente. Arrastró el cuerpo de él hasta el colchón. Se tomó unos pocos segundos para observarlo. ¡Parecía tan manso, así, durmiendo como una criatura! Del bolsó sacó un estuche con un montón de frasquitos de colores. Los acomodó sobre el cubreca-ma. Sacó también las jeringas, una máquina de tatuar y otra de afeitar, alcohol, gasas, guantes de nylon, cañas de bambú, una segunda jeringa cargada con anestesia y la espuma de afeitar, que era lo que más le abultaba. Echó espuma sobre el pecho izquierdo de Axel. Esperó unos segundos, tocándole la cara con los dedos. Era hermoso. Se acercó a sus labios drogados para besarlo. Sin lastimarlo, cuidadosamente, afeitó los pelos que le rodeaban la tetilla. Sacó el resto de la espuma con el mismo algodón empapado en alcohol con que le limpió la zona. Le aplicó el pinchazo limpio para dormir la piel. De su bolsillo, sacó el modelo que tanto había di-bujado en su casa. Tardó veintiocho minutos de reloj, a tres colores; un buen trabajo para ser el primero.

Con el bolso entre los pies y sin dejar rastros, Cristi-na descolgó el bote salvavidas y se fue remando hasta la orilla. La noche había pasado.

15

—Apagá esa luz —dijo Rogelio, con la voz áspera de alcohol.

Cristina miró al interior de su departamento. La ropa de los cajones estaba revuelta, había dos botellas de ginebra sobre la mesa y un vaso caído, bombachas y corpiños de ella tirados por cualquier parte, la foto de Axel rota en pedazos sobre la mesada, la canilla goteando y el cuerpo de Rogelio sentado sobre la cama deshecha, borracho, con la cabeza empapada y hablándole.

—¿Qué te creés que estás haciendo acá? —le gritó ella.

—Apagá esa luz...

En su muñeca derecha, como una pulsera, Rogelio había pasado los dos agujeros de las piernas de su único body, y el torso colgaba como un trapo. Cristina se sintió manoseada. Furiosa, volvió a gritarle:

—Esta es mi casa... ¿Como te atreviste a entrar? ¿Cómo pudiste...?

—Con estas ganzúas —dijo él—. Y ahora pregunto yo: ¿cómo fuiste capaz de acostarte con ese asqueroso?

—Salí de acá, ya mismo.

—¿Qué? ¿Te tatuó a vos también?

—¿Qué decís, imbécil?

—Te pregunto si ya te marcó, a vos también.

—¡Borracho estúpido!

—Ya sabía yo... Te marcó a vos también, como a una putita más... A ver, putita, mostrame...

Ella lo vio acercarse, manotearla, tironear de su ropa, y tuvo que barrerle los brazos con violencia, para que se dejara de molestar. El se quedó como recuperándose y, en un momento inesperado, enganchó con su mano el ruedo del buzo y se lo levantó, dejándole al descubierto un pecho, adentro de su corpiño semitransparente.

—Si no es éste, será el otro... —dijo, y tiró con toda su fuerza para romper el buzo.

—¡Hijo de puta, soltame!

Rogelio la tironeó aún más, derribándola de rodillas al suelo y atándole el buzo a la altura de los codos, para inmovilizarle los brazos. Poniéndose delante, le miró los pechos, quedándose paralizado al verla sin marcas. Cristina aprovechó y descargó sus brazos unidos contra la cara de Rogelio, que se fue contra la mesa, tapándose con las manos.

—¡Andate ya, hijo de puta! —gritó ella, que con el golpe se había liberado de su atadura.

Rogelio volvió a pararse y, en el envión, le dio una cachetada que la volteó. Después fue hasta la puerta para cerrarla; del piso levantó la campera y el bolso de ella para tirarlos a un costado, como despejando terreno, y recogió los pedazos de foto de la mesa para guardárselos en el bolsillo. Por la fuerza la hizo acostarse en el piso, y se le tiró arriba, besándola en el cuello con desesperación. El cuerpo de Cristina se movía como el de una lagartija atrapada.

—¡Soltame, infeliz de mierda!

El movimiento de él fue parco y desajustado. La soltó para desabrocharse la bragueta, acomodando sus piernas entre las de ella. Le había trabado un brazo debajo de la espalda, y eso hacía que Cristina quedara totalmente inmovilizada. Con la mano libre le pegó una y mil veces en la cabeza.

—Dejame… soltame…

Rogelio parecía seguro, ensimismado en arrancarle la parte inferior de la malla. Jadeaba y tiritaba como un afiebrado con un gran dolor. Las piernas de ella eran dos látigos vivos, castigandolo en las pantorrillas y los pies. Su mano libre se debatió entre la ropa íntima que él había desperdigado por el piso, quién sabe con qué intención. En la búsqueda, encontró partes de un espejo roto. Blandiendo uno con furia, levantó el brazo y clavó la punta en el medio de la espalda del hombre. Rogelio se arqueó de dolor. Cristina volvió a atacarlo. La espalda de la remera de él se empapó de sangre. Cristina volvió a hacerlo tres, cuatro veces. Su propia mano estaba cortada. Otra vez más. El jadeo de él se diluyó en una queja. De repente, el cuerpo pasó de la tensión más desgarrante a la flojera más inverosímil. Cristina salió llorando de abajo, en estado casi de shock. Temblando se dirigió hasta el perchero y, entre las partes de su uniforme, extrajo la pistola policial.

Rogelio, desde el piso, intentó pararse. En el esfuerzo quedó a medio camino, rodilla en tierra. Su cara denotó el peor de los dolores. Cristina le apuntó con el arma, al tiempo que decía:

—Hijo de puta… un solo paso y te mato.

El se tocó la espalda, vio su sangre en la mano. Con el aliento entrecortado, acusando ya los signos del desmayo, atinó a decir:

—Qué vas a hacer cuando todos sepan… que te acostás… con ese degenerado… que tenías que atrapar, ¿eh?… Cuando el jefe lo sepa… Y los periodistas… ¿eh?

—El único degenerado que conozco sos vos… y nadie le va a creer a un tipo que golpeó e intentó violar a una policía… Más aún, si ese mismo tipo es policía…

La pistola apuntaba al tórax del hombre. Largando una carcajada nerviosa, ella agregó:

—¿Sabés una cosa, Rogelio? Vos y yo, ya no somos policías… Ahora andate. Hacete curar esa herida… Y después andate a la mierda…

Rogelio se puso de pie, lentamente.

—¡Abrí la puerta y andate, carajo!

El se movió hacia la puerta, contrayendo la cara a cada paso. Antes de irse, agregó:

—Vos y yo, no terminamos…

—Vos y yo, nunca empezamos… —remarcó Cristina—. Si me llegás a amenazar una vez más, te voy a meter el revólver en el culo y te lo voy a llenar de balas.

"¿Mamá?, pregunta el nene Axel.

Está tirado en la cama de un barco y alguien, jugando, le hizo el dibujito en el pecho izquierdo. Lo afeitaron, lo doparon, lo tatuaron. La madre le pone la mano sobre su rostro. Es la escena inversa a la de siempre, pero este lugar no parece el Sanatorio, sino el camarote de un barco.

—Mamá… —ella le toma la mano con ternura—. Viste lo que me hicieron…

Ella se sienta al lado de la cama.

—¿Te quedás conmigo? —pregunta él. Tiene ganas de que así sea. La cara de ella, por primera vez en toda su historia, es un resumen de la paz.

Pero no, no se queda con él. Se levanta y se va, para siempre…"

El no lloró, en su sueño. Pero, al despertar, sabía que había fallecido. Era una percepción, un presagio. Después se miró el pecho. La aureola sin pelo dejaba ver un dragón imperfecto, y una rosa. Iba entendiendo todo como si ya lo supiera de antes, como si su pecho tuviera la vocación de esa marca, desde chico, y por esas cosas del destino se hubiera salvado todas las otras veces. Ahora ya la tenía.

—Cristina… Cristina… —dijo.

Se vistió; recorrió el barco: no estaba. De cara al amanecer, gritó su nombre, desde cubierta, dejando el alma en ese grito. Tampoco estaba el bote salvavidas. Encendió el motor para quitar el ancla y condujo la nave hasta los muelles. Lo primero que haría era ocuparse de su madre.

Ella había fallecido en la cama del cuarto 202, de paro respiratorio, a las 4:45. Eran las seis y cuarto.

Nelly lo recibió con los ojos llorosos y la expresión consternada. La cama de su madre estaba vacía.

—¿Señor, cómo lo supo… si nosotros no pudimos avisarle?

—Lo presentí —dijo él.

Miró hacia el cuadro de Jesús, que estaba torcido. Lo enderezó y le sacó una pelusa.

Después se sentó sobre la cama vacía, mirando la almohada, aún hundida por el peso ahora inexistente de la cabeza de la mujer.

—¿Viste cómo me di cuenta enseguida? A pesar de que hablamos poco, te entiendo mucho más que antes. Estoy bien… en serio, estoy bien… Mamita.

Después se acostó sobre la cama. La mano de Nelly se acercó para acariciarle la cabeza y él, con los ojos cerrados, le dijo: "gracias, Cristina".

—Señor… Señor Axel… Soy Nelly…

El abrió los ojos, comprendiendo al instante.

—¿Señor, hago los trámites del velatorio…?

—No, ningún velatorio —dijo él, amargado y distante—. Consiga turno mañana, para la cremación…

—Como usted diga…

Marta miró a Mario sin comprenderlo. Era la cama de siempre, la de los dos. El tenía que estar cansado, relajado. Pero no, estaba inquieto, no había dormido en toda la noche, como si algo le revolviera el estómago. Le preguntó, y él dijo:

—Muchas emociones juntas.

—¿Y ahora, en qué pensás?

—Jamás sentí tanto como ahora eso de que todos somos actores de una gran película y que ahora, por ejemplo, en la madrugada… cada uno está representando su papel lo mejor que puede…

—¡Ay, Mario! Dejame a mí la melancolía…

—No es melancolía. Es como una iluminación...

—¡Ah, bueno! Entonces, transmitímela a mí también...

—Tengo que ir a ver a ese hombre —dijo él, decidido.

—¿A quién?

—A Axel.

—¿Para qué? No querrás un nuevo ajuste de cuentas...

—No. Entre él y yo quedaron asuntos pendientes, pero no para ajustar, sino para compartir... Tengo que verlo ahora mismo.

—Es nuestro primer domingo juntos en un año. ¿Realmente tenés que ir?

—Es sólo un rato. Necesito terminar con una duda para siempre.

—¿López, qué te pasó? —dijo el muchacho, asustado al verlo sacarse la campera, con la remera rota y ensangrentada.

Rogelio se apoyó en la computadora sobre la que el muchacho estaba trabajando, para decirle:

—No tengo mucho tiempo para contártelo ahora. Necesito tu ayuda, ya.

—Pero estás sangrando...

—Ya voy a la enfermería, pero antes necesito saber cómo se llama y dónde vive este tipo.

Rogelio armó, sobre la computadora, el rompecabezas con la foto de la cara de Axel. La parte del rostro estaba formada por cuatro pedazos. El muchacho los dio vuelta, pegándolos con scotch.

—Está en muy mal estado —dijo—. No sé si la computadora lo puede procesar.

—Intentalo, por favor.

—Sólo te lo hago si, mientras tanto, te vas a curar esa herida…

Al rato, el muchacho pasó por la enfermería. Rogelio estaba recostado boca abajo, con la espalda descubierta y varias heridas. El enfermero lo estaba cosiendo, con anestesia local. El muchacho le extendió un formulario continuo.

—Los datos que me pediste —dijo.

Rogelio se quedó mirando los datos hasta que el enfermero terminó de curarlo.

En la valija abierta de Cristina ya no quedaba más espacio; sólo por eso la cerró, no porque no tuviera más cosas para guardar. Se iba, no sabía a dónde. Bueno, sí, primero, a Tres Arroyos, su pueblo; el dilema venía después. El timbre la sobresaltó. Era ahí, en su puerta. Le quitó el seguro a la pistola.

—¿Quién es?

—Soy yo.

Cristina reconoció su voz. La desazón la invadió en forma instantánea, pero igual preguntó:

—¿Quién? ¿Esta vez, me vas a decir tu nombre?

—Axel.

Cristina se puso el arma en la cintura, disimulándola en la ropa. Abrió. Era él, con la mirada triste. Sus rostros chocaron frente a frente.

—Sabías todo de mí, menos mi nombre… —dijo él.

—Me pasé muchas noches enteras pensando en tu nombre…

232

Axel miró la valija en la cama y preguntó, con gravedad:

—¿Te vas a algún lado?

—Dejo la policía…

—¿Por qué?

—Me involucré demasiado… Dejé de ser un policía, investigando a un sospechoso… Y fui solamente una mujer obsesionada por un hombre…

—Pero si ganaste, Cristina… o no te das cuenta, que ganaste.

—¿Qué gané? ¿Qué gané? —dijo ella seria, impasible—. Una infancia de mierda… Una placa de mierda… Una vida de mierda…

Axel la miró en forma conmovedora.

—¿Creías que eras el único que podía dejar una marca en la vida de alguien? —agregó Cristina.

—Sólo sé que, en este momento, lo único que quiero es estar con vos —dijo él—. Con vos, Cristina. Ella sintió que un rayo la quemaba, en cuerpo y alma… ¿Cómo se atrevía ese hombre a comprender que, frente a esa frase, ella quedaría totalmente desarmada? Le dio una cachetada.

—Sí, Cristina, con vos… —gimió Axel.

Ella le dio otra, con el revés de la mano, llorando de rabia.

—Te quiero —dijo él, soportando, inmutable.

Cristina le dio dos, tres, cuatro cachetadas más, llorando a los gritos. ¿Cómo podía ese hombre decirle la única frase que ella esperaba desde el comienzo de los tiempos? El repitió "te quiero", y la abrazó. La emoción los juntó de forma imprevista. Las manos de Axel eran contenedoras, tiernas. El también comenzó a llorar.

—Sabés —le dijo, mientras recibía la cabeza de ella contra su pecho—: anoche murió mamá.

Cristina se quedó congelada. Las lágrimas de él le mojaban el pelo.

—Mejor así... —dijo Axel— había estado mucho tiempo en estado vegetativo...

—Lo siento... Axel...

—Qué lindo suena escucharte decir mi nombre.

Cristina intentó llevar una mano a su rostro, pero no pudo.

—Tengo que estar en la cremación —dijo él.

—Te acompaño... —logró decir Cristina, y se sintió conforme con haberse ofrecido.

—¿Sí?

—Sí.

Fueron hasta el cementerio en el coche de Axel. Después de la corta ceremonia salieron apagados, con la vista fija en la distancia. Cristina rompió el silencio:

—Bueno, al menos vos tuviste una madre... Yo ni siquiera conocí a la mía.

El la miró compungido. Esas palabras no le servían de consuelo.

—Necesito entender muchas cosas de mí... y sé que puedo lograrlo si estamos juntos... —dijo.

—¿Pero vos no te das cuenta de la forma en que nos conocimos? —Cristina lo dijo lentamente, sintiendo cada palabra—. Axel, esto no es un cuento de hadas. Vos manipulaste a la gente, seduciste, engañaste... Y yo me pasé la vida detestando a la gente como vos...

—¿Y, entonces, por qué sentís por mí... lo mismo

que yo siento por vos? Decime, desde lo hondo de tu corazón, que me detestás…

—No, no te detesto… —respondió ella, sin detenerse a pensarlo.

—Entonces, decime que te importo…

—Es que nunca puedo saber si sos vos… —resistió Cristina—, o alguno de tus personajes, el que me está hablando…

Axel la tomó por los hombros.

—Soy yo, Cristina, desde ahora y para siempre, yo.

Ella quiso decirle que sí, que le importaba… que, desde el momento en que lo dejó tatuado y solo, en el barco, supo que él, para bien o para mal, sería parte de su vida… Pero no atinó a responder.

—¿Te acerco? —pidió Axel.

—Bueno.

—Yo voy a estar en casa —dijo Axel—. Si querés paso a verte, después…

Ella asintió.

Axel entró a su departamento aliviado, como si se hubiera sacado un peso de encima. Lo primero que hizo fue pegarse una ducha caliente. El timbre de la puerta lo sorprendió cuando se secaba. Era Mario.

—¿Puedo pasar? —preguntó, con tono manso.

—¿Ya me estabas extrañando? —dijo Axel, que estaba con el toallón ceñido a su cintura.

Mario miró con atención el tatuaje.

—¿Qué, te estás excitando? —añadió Axel con gravedad, sin la intención ni el brillo que Mario conocía de él.

—Vos, antes, no tenías eso —afirmó Mario.

—¿Cómo sabés? Si todavía no nos acostamos…

—No. Vos, antes no lo tenías… Fue una de las primeras preguntas que le hice a Ruth…

Ahí, delante de él, Axel se dio cuenta de algo.

—Hijo de puta —le dijo, sin furia, casi con admiración—. Vos fuiste el que le dijo a Cristina… Me la hiciste bien, ¿eh?

—Pero nunca me imaginé eso… —agregó Mario, señalando con su cabeza hacia el tatuaje.

—¿Para qué viniste? —preguntó Axel.

—Supongo que para agradecerte —se sinceró.

—Yo siempre te dije que terminaríamos siendo amigos.

—Y yo te repito que nunca confiaría en vos…

—¿Entonces, por qué me agradecés?

—Porque hoy, al menos hoy, tengo otra oportunidad en mi matrimonio. Y también una mirada diferente sobre mi vida…

—¿Y por qué creés que me lo debés a mí?

—No lo sé bien. Por tus juegos neuróticos… porque, en cierto modo, yo también fui una de tus víctimas…

—Otra de las que salió ganando…

—¿Quién más, la que te hizo eso?

—Sentate cómodo, que me visto y te traigo algo de tomar…

—No serás tan hijo de puta de querer dormirme a mí también…

—Quizás…

El timbre volvió a sonar. Afuera, Rogelio, vestido de policía y con la cara desencajada, volvió a revisar la dirección. Era la correcta. Dio un paso hacia atrás. Mario caminó hasta la puerta, ante la sugerencia de Axel, desde la pieza, que le mandó a que preguntara quién era. Rogelio apuntó a la mitad de la puerta con su pistola. Mario dijo "¿quién es?"; el dedo de Rogelio apretó el gatillo y Mario se agarró de su costado, herido por la bala que pasó a través de la madera de la puerta. El segundo tiro voló la cerradura. Mario tambaleó, hasta caer a tres metros de la puerta. Axel lo vio caer, oyó el ruido de los disparos, corrió, semivestido, a sostenerle el cuerpo. Rogelio entró hecho una tromba. Subió por tercera vez el brazo armado, apuntándole a Axel, que alcanzó a decir:

—Yo te conozco…

—Yo te conozco a vos —gritó Rogelio—. El hijo de puta de los tatuajes… El que se la coge a Cristina…

El cuerpo de Mario tembló. Rogelio dijo, dirigiéndose a Axel.

—¡Movete, forro; parate y movete!

Axel señaló a Mario.

—Pero, no ves que se está desangrando… Dejame que lo ayude… Sos policía, o qué…

—Yo era policía, hijo de puta, hasta que apareciste vos y no sé qué le hiciste a Cristina… y me arruinaste la vida…

—Está bien —dijo Axel—. Agarrátelas conmigo, pero dejá que él se salve… Llamá a una ambulancia… Calmate… ¿Qué vas a hacer?

—Lo único que me queda… pegarte un tiro en la frente, y que te vayas a tatuar al infierno…

Rogelio acercó la punta del arma a apenas centímetros de la cara de Axel, que vio aproximarse su final, sin reaccionar. Mario, que parecía fuera de combate, le pegó un manotazo que la mandó a la otra punta del cuarto. Axel, rápido como un gato, se arrojó por el piso hasta alcanzarla; Rogelio se le tiró encima, imposibilitándole el movimiento. Antes de quedarse absolutamente quieto, Axel arrojó el arma por el aire, que dio sobre el cuerpo tendido de Mario. Rogelio le pegó dos trompadas; una en el abdomen y otra en la cara, antes de darse vuelta para recuperar su pistola. Pero Mario ya la tenía en la mano; apuntó y le dijo que se quedara tranquilo. Lo dijo con una voz entrecortada, al límite del desvanecimiento. Rogelio comenzó a acercarse a su cuerpo. Mario entrecerró los ojos, y parecía que el brazo iba a caerse de un momento a otro, incapacitado para sostener la posición. Rogelio sonrió; ya estaba encima. Axel tosió, dolorido; en la boca tenía gusto a sangre. El primer disparo desgarró el hombro de Rogelio, que siguió de pie. Ante un último amague de arrojarse sobre él, Mario volvió a disparar. Rogelio cayó como un paquete fláccido, al piso. De su herida manaba abundante sangre.

Axel pidió una ambulancia por teléfono, para Rogelio. Buscó una campera para ponerse, un fajo de billetes, la libretita y el pasaporte. Agarró a Mario de los brazos y lo llevó hasta el ascensor. A lo largo del pasillo iba dejando una estela roja. Arrastrándolo, lo metió en el asiento de atrás de su auto. Al llegar a la clínica, habló con la recepcionista y le dijo lo que pasaba, para que llamara al personal de urgencia. "Está adentro de mi auto", aclaró. Después habló con Nelly.

—Escúcheme bien —le dijo—. ¿Recuerda ese hombre que vino a verme una vez?

—¿Su pariente?

—Sí, sí, ése… Está abajo, herido de gravedad… Ya lo

van a llevar a Operaciones. Le pido, por favor, que se ocupe de él como lo hizo con mi madre, o como si fuera yo mismo. Yo pago todos los gastos. Hagan lo imposible para que se salve y se recupere. —Le dio la tarjeta de su tesorero.— ¿Entiende, Nelly?

—Sí… entiendo, señor…

—Llame a estos números por cualquier gasto extra. Yo voy a estar lejos un tiempo… pero le aseguro que usted va a ser muy bien retribuida…

—Por favor, señor… —dijo ella. El le dio un beso en la frente.

El asiento de atrás había quedado lleno de sangre. Axel lo tapó con un toallón azul oscuro que le dio Nelly. Manejó a toda velocidad hasta el departamento de Cristina. Ella lo vio tan alterado que se asustó.

—¿Qué pasó? —dijo Cristina.

Axel se frotó la cara con sus manos. Sobre la nariz y en la mejilla quedaron rastros de la sangre de Mario. La mandíbula todavía le dolía; tal vez se le pusiera morada.

—Ese policía… que una vez vi con vos, aquí, abajo, en tu edificio…

—¿Rogelio?

—Uno con el que te vi discutir una vez…

—Sí… Rogelio… ¿qué pasó?

—Vino a mi casa. Intentó matarme e hirió gravemente a Mario…

La cara de ella se contrajo en forma atroz.

—¿A Mario, Mario Goytía? —preguntó Cristina.

—Sí… a Mario lo dejé recién en el Sanatorio donde estaba mi madre… lo van a atender igual, aunque la herida sea de bala…

—¿Y vos estás bien? ¿No te hirió?

—No… estoy bien…

—¿Y Rogelio?

—También herido de gravedad. Ya lo debe haber llevado la ambulancia.

—Dios mío —imploró ella, desmoronándose sobre una silla—. ¿Por qué todo esto?

—Dijo que, como te había perdido, lo único que faltaba era matarme…

—¿Y por qué a Mario?

—Supongo que por error… Cristina, tengo que irme ya…

—¿Adónde?

—Me voy del país…

—¿Por qué?

—¿Cómo por qué? El que le disparó al policía fue Mario, en defensa propia, pero… Todo pasó en mi departamento. Yo peleé con él cuerpo a cuerpo… El revólver tiene, también, mis huellas digitales… Si el policía muere… ¿Te das cuenta?

—Pero Mario puede declarar la verdad…

—Cristina, no seas ilusa. El tipo es un policía… y, si Mario muere… Estoy perdido.

—No —dijo ella, desesperada—. Los hechos… hay que explicarlos. Yo te voy a ayudar.

—Si el policía se salva, va a usar todos los elementos en mi contra… Te olvidas quién soy y lo que hice… Cristina, por favor… —Y, después, mirándola fijamente a los ojos, le pidió:— Vení conmigo…

—¿Adónde?

—A Japón.

—¿Japón? ¿Por cuánto tiempo?

—No sé… hasta que esto se solucione… quizá por mucho tiempo…

Cristina lo pensó, dudando. No lo conocía y, lo que era peor, tal vez nunca llegaría a conocerlo.

—Vení conmigo… —repitió él.

Ella lo miró con lágrimas en los ojos. Pensó en su abuela, el dragón de los dibujos, el orfanato y su mano convertida en sauce, en el río… Sus lágrimas cayeron y dejaron marcado el parquet, para siempre… Tardó diez segundos, toda una eternidad, y asintió con la cabeza. El la abrazó con fuerza y la apuró, diciéndole:

—Tenemos poco tiempo.

—Si ya libraron orden de captura, ¿cómo vas a salir del país?

—Con el barco a Uruguay y de allí, en avión, a Tokio.

Ella se detuvo, acordándose de un detalle.

—No tengo pasaporte.

—Pero sos policía. ¿Podés resolverlo rápido?

—Sí, supongo que sí…

—Yo tengo que hablar con mi contador… para que me prepare lo de Uruguay y los pasajes, y algunas otras cosas de urgencia…

—Mientras tanto, yo voy tramitando los papeles…

—Cristina, voy a poner todo lo mío a tu nombre…

—¿Por qué?

—Sos lo único que tengo…

Cristina se bajó en la Central de policía, con el uniforme puesto. Axel siguió hasta el sanatorio. Le preguntó a la recepcionista cómo estaba el hombre que él trajo, y ella quedó en averiguarle.

—Está fuera de peligro. Se recupera… —dijo.

—¿Puedo verlo?

—No. Creo que tendría que hablar con el jefe de Terapia Intensiva…

—¿En qué piso está?

—Cuarto piso.

En el pasillo del cuarto, Axel encontró a Marta. Al verlo llegar, ella se puso de pie, como una valla entre ese hombre y su marido.

—Sé que se salvó… —dijo él—. Necesito verlo.

—Adentro está el médico. Ahora… no puede hablar…

—¿Pero, está lúcido… está bien?

—Perdió mucha sangre… pero se va a recuperar… Yo no sé lo que hay entre ustedes, pero te pido que no lo perjudiques más…

—Nunca lo haría —afirmó Axel—. Y todo lo que te dije, el día que nos conocimos en tu casa, sobre vos y sobre él… es absoluta verdad… Quiero, solamente, despedirme…

Marta asintió y abrió lentamente la puerta. Mario estaba en la cama con el suero y el médico a su lado, que le dijo:

—No puede entrar ahora…

—Un minuto… —rogó Axel—. Un minuto… con él…

Mario agarró la mano del médico y le pidió, con los ojos, que lo dejara.

—No lo haga hablar —dijo el médico, saliendo de la habitación.

Axel se acercó a la cara de Mario, inclinándose sobre la cabecera.

—¿Ahora sí, estás convencido, de que vamos a terminar siendo grandes amigos?

Mario asintió levemente con la cabeza.

—Me voy lejos, por un tiempo —concluyó Axel—. Ahora tengo todas las de perder… El tipo está vivo, pero grave… no quiero ir preso… Cuando vos puedas, contá toda la verdad.

Marió volvió a asentir.

—¿Todavía nos quedan buenos momentos por vivir, eh? —susurró Axel.

Una lágrima minúscula, casi invisible, rodó por la cara de Mario.

Cristina lo estaba esperando en la esquina donde se había bajado. Axel condujo hasta el edificio de ella. Estacionó en el cordón de enfrente. Ella bajó corriendo, abrió y tomó el ascensor. Tenía que hacer dos cosas: quitarse el uniforme y agarrar la valija. A Axel, el hombre de civil que merodeaba el hall, le pareció policía. Ella salió del ascensor y se quedó perpleja, mirándolo como si hubiera visto un fantasma. Soltó la valija.

—¿Te vas sin despedirte de mí? —preguntó su Jefe.

Axel bajó del auto, observándolos intrigado; caminó hasta la medianera del edificio. El Jefe repitió:

—¿Qué, no merezco una despedida?

—Jefe… me… yo… —tartamudeó Cristina.

Axel estaba dispuesto a intervenir si la cosa se ponía fea.

—Cristina, vos siempre fuiste una chica muy segura de vos misma…

El Jefe acusó la presencia de Axel y lo señaló, diciendo:

—¿O tenía razón Rogelio, cuando me dijo que el caso que estabas investigando te había cambiado por completo… A propósito, ¿sabés lo que le pasó a Rogelio?

—Jefe, puedo explicarlo todo…

—Espero que lo hagas bien —dijo el Jefe.

16

Para poder cuidarlo igual que a la señora Gerber, a
Mario le dieron la pieza 202, atendida por Nelly. Ruth
llegó, sorprendida por la noticia. Mario estaba sentado
sobre la cama, con el piyama puesto y los dedos trenza-
dos sobre la sábana. Le habían puesto un televisor y
una radio con pasacassettes, que era lo que sonaba en
ese momento y que Marta apagó. Se lo veía bien, muy
restablecido. Ruth dijo: "Tranquilo, Mario, está bien", al
observarlo que se movía, inquieto por abrazarla. Marta,
de afuera, sintió el abrazo cálido que se dieron, siguiendo la escena con atención.

—¿Ya estás casi recuperado? —preguntó Ruth.

—Voy rápido —dijo él.

Marta colocó su mano sobre el hombro de Ruth, como
rompiendo, con ternura, la complicidad entre ambos.

—Ruth, siéntese aquí al lado —le señaló el banquito
de chapa.

Ruth asintió, para sentarse y tomar, entre las suyas, la mano de Mario.

—Esta historia nos va a dejar más de una marca… —intentó bromear Ruth.

—Ya lo creo —dijo él.

—¿Y ahora, qué pensás hacer, Mario?

—No sé… lo previsible sería dejar este trabajo… por insalubre, digamos…

—Pero a vos nunca te gustó lo previsible…

—Es verdad…

Ruth lo miró intensamente.

—Quiero incorporarte a mi empresa —dijo—. Con algo diferente… algo que podamos decidir juntos…

Marta los oía hablar. Mario le agradeció:

—Qué bueno, Ruth… pero creo que extrañaría demasiado este trabajo…

—Tan sórdido… —dijo ella.

—Tan peligroso… —respondió él.

—Casi inmoral… —añadió Ruth, con espíritu y sonriendo.

—Además —agregó él—, prefiero ser tu investigador privado de confianza… Aquel que te salve de la garra de los buitres…

—Algún día vamos a reírnos de todo esto…

—Yo, ya me estoy riendo…

Marta dijo, cortando el clima de emociones y miradas:

—Me siento tan ajena a esta situación… Ustedes parecen los sobrevivientes de un accidente, que desarrollaron una suerte de unión… casi metafísica… Espero merecer algún día el ingreso a esa logia secreta…

—No estés celosa —dijo Ruth—. No hay motivo.

—No… Supongo que no… —finalizó Marta.

—No puedo sentarme…

Rogelio lo miraba vendado e inmóvil. Su jefe, de pie y al lado de la cama, no demostraba ni compasión, ni desprecio, simplemente le devolvía su mirada seria, intrigante, que ponía más nervioso a Rogelio. Estaba internado en un gran salón del Hospital Churruca.

—¿A ver, Jefe… —apuró Rogelio, incómodo— qué es lo primero que me va a decir? ¿Que la saqué barata? ¿Que me salvé de pedo? ¿Que soy un hijo de puta y que me va a meter preso mientras viva?

Rogelio empezó a llorar. El Jefe no hizo ni un gesto.

—¿Eh, qué me va a decir? Desde ahí… parado… como si fuera Dios… Jefe… qué mierda sabe usted de la vida, para juzgarme… Usted no es un Jefe de Policía —le gritó, en forma patética. Los otros enfermos lo miraron desde sus camas—, usted es un bruto de mierda… que no sabe nada de la vida, y cree que, por mirarme así… condenándome… me va a hacer sentir todo el desprecio del mundo, por lo que hice…

El jefe lo contempló duramente, sin responder.

—Deje… —continuó Rogelio— no me diga nada, no hace falta… Ya siento todo ese desprecio… el suyo… y el mío propio… Solamente dígame qué me va a hacer, Jefe…

—Yo no te voy a hacer nada… —contestó él—. Pero no voy a impedir que la Justicia haga lo que considere necesario.

—Nada de lo que puedan hacer, me va a doler tanto como haber perdido a Cristina…

—Pero, si nunca la tuviste… Ninguno de nosotros la tuvo…

—Sí, Jefe, a mi manera, sí… aunque sea en una celda roñosa, el recuerdo de Cristina me va a mantener vivo…

Ella vio Buenos Aires como una línea de colores, sobre el hombro de Axel. El ferri-boat los cruzaba en silencio. Axel tenía imperiosa necesidad de saber más. Toda la escena, para él, se perdía frente al edificio de Cristina. Los vio subir por el ascensor; ella le hizo un gesto de que no se preocupara. Pero Axel se mordía de los nervios; varias veces bajó del coche y fue hasta el portero, a mirar el timbre de ella sin atreverse a tocarlo…

—Lo que no entiendo —dijo él—, es por qué no me detuvo a mí…

—Porque había estado con Mario, minutos después que vos te fuiste de su cuarto…

—Y Mario corroboró lo que vos dijiste… —aventuró Axel.

—Sí, con precarios movimientos de cabeza. Yo le dije al Jefe que, si creía en mí, creyera también en mi historia…

Axel miró hacia el horizonte, sacó la libretita roja de su bolsillo y, sin más explicaciones, la tiró al río. Todo su pasado quedaba en estas aguas marrones… Cristina lo abrazó desde la espalda.

—Bienvenidos, damas y caballeros, al vuelo 901 con destino final en Tokio —dijo la azafata—. Nuestra primera escala será el aeropuerto de Sao Paulo, con una duración de vuelo estimada en dos horas y veinticinco minutos. Observen que el capitán ha encendido la señal de no fumar. Coloquen derechos sus asientos y tengan a bien abrocharse el cinturón de seguridad... Durante todo el viaje, el capitán les irá comunicando diversos temas de interés...

Cristina pensó que no podría vivir en una ciudad llamada Tokio. Axel cerró los ojos como para dormir, y le tomó la mano. El avión comenzaba a carretear cuando ella lo codeó para que le prestara atención, y comenzó a decirle algo que él no entendió. El ruido de las turbinas apagaba la voz de Cristina, empeñada en hablar suave, como si hubiera tirado su voz de policía al río, junto con la libreta de él, y ahora estuviera ensayando una nueva cadencia, un nuevo tono. Axel acercó su oreja a la boca de ella, para poder escucharla. Cristina recomenzó la frase.

—Ahora quiero tener el tatuaje —le dijo.

Se tocó el pezón izquierdo.

—Acá —dijo—, en mi pecho.

Axel negó con la cabeza. Ella insistió.

—Yo también quiero esa imagen en mi cuerpo. Pero quiero que lo hagas conmigo despierta...

El apretó su mano. Los ojos se le llenaron de lágrimas. El avión se separó de la pista, como si lo que dejara en el aeropuerto no fuera más que el pasado...

EPÍLOGO

En alguna cama, en alguna parte, un hombre gime de placer con su aliento largo, intenso, final. El hombre está tirado entre las sábanas. La mujer encima, moviéndose cada vez con mayor lentitud. El abre la boca, inhalando un espacio del aire de la pieza de hotel. Ella le sale de encima; se sienta en la cama. Manotea, del suelo, la bombacha y las medias, y se las empieza a poner. El hombre dice, pasando su mano sobre el pecho tatuado de ella:

—No sé... dejame tu teléfono, si querés que te llame, no sé... otro día...

Ella pasa sus brazos a través de los agujeros de una camiseta.

—Seguro... —le contesta—. ¿Me vas a llamar?

—Sí —dice el hombre, sin mayor interés—. Por supuesto.

251

Ella se para; va hasta un aparador; sirve alguna bebida en dos vasos grandes.

—Quizás me llames, quizás no... —dice, y le alcanza el vaso—. Quizás yo esté... o quizás no te quiera atender...

El hombre la mira con suficiencia. Ella golpea su vaso contra el de él y se lo toma, como él, hasta el final.

—¿Qué difícil es comunicarse hoy en día, no?

El asiente, con una chispa de abulia en sus ojos, para preguntarle:

—¿Cómo dijiste que te llamabas?

—¿Qué? —se enoja ella, desilusionada—. Tan pronto te olvidaste de mi nombre...

—Bueno, con todo este despliegue... me olvidé. ¿Cómo te llamás?

—Como vos quieras —dice—. Vos poneme el nombre...

Ella apoya su vaso sobre la mesita de luz. Se pone de pie y comienza a caminar en torno a la cama, ida y vuelta, hacia un lado y de regreso, siempre mirándolo. Está molesta; habla:

—¿Sabés?, yo voy por la vida buscando a alguien, y se ve que no me lo merezco, porque no lo encuentro... Cada vez que me cruzo con uno, como hoy con vos, me excito tanto... pero no de acá —pone su mano sobre el pubis—, sino de acá...—golpeándose la sien con un dedo—, y pienso que hay una mínima posibilidad, muy mínima, de que sea la persona que busco... Casi siempre, a los tres minutos me doy cuenta del error... Pero, por supuesto, igual me los llevo a la cama, o les hago creer que son ellos quienes me llevan a mí.

La mujer hace una pausa para reírse. El la escucha a través de su modorra, cada vez más aburrido. Ella trata, al verlo tan pesado, de darle más convicción a su discurso.

—Justamente —dice—, el tipo equivocado paga el precio más alto…

El hombre intenta levemente entender lo que ella dice, o hacerle, al menos, una sonrisa. Ella sigue diciendo:

—Pero con vos, tardé bastante más… Sí, en serio, bastante más… hasta parecías un tipo sensible… pero una vez que entramos acá… y esta sí que es la prueba de fuego… Te fuiste a la mierda.

El bosteza, con la cabeza hundida en la almohada.

—¿Dónde quedaron las sonrisas? ¿Ya se te acabó "el despliegue"? ¿No me contestás? Claro, ya no tenés que vender ninguna imagen… Sexo… sexo es el nombre del juego… ¡Y sexo es lo que tuviste! ¿O te vas a quejar? ¡No! ¿No?

Ella se sienta en la cama, pegada a él, observando cómo se le cierran los párpados. En un tono absolutamente confidente, continúa diciéndole:

—¿Sabés una cosa? Hace poco conocí un tipo con el que casi me pasa algo… Bueno, al final la cagó… pero yo podía… yo podía haber intentado enamorarme; pero para eso se precisa tiempo, paciencia, espíritu… Y yo te juro que a mí ya no me queda ninguna de esas cosas…

El hombre da un ronquido. Ella es como si no se diera cuenta.

—Mirá las cosas que te confieso. ¿Viste, cuando una le abre el alma a un perfecto desconocido…? ¿Vos nunca escuchaste que la gente herida puede ser muy peligrosa? Una vez que nos cansamos de llorar, somos capaces de cualquier cosa…

Ella alcanza su cartera de la mesa de luz y la coloca sobre sus piernas. La abre y saca un estuche pequeño.

—Seguro que no me vas a llamar de nuevo… Pero quiero que te acuerdes de mí para siempre…

Las manos de la mujer extraen dos guantes de nylon transparentes y los implementos de tatuaje, que va acomodando sobre la sábana, al lado del cuerpo. Y, mientras se coloca los guantes en las manos, dice:

—El día que aparezca mi príncipe azul, voy a estar tan ocupada buscándolo, que quizás no lo reconozca. O quizás sí… me dé cuenta, pero lo deje marcado igual…

Moja el algodón en alcohol y se lo pasa por el hombro, diciéndole:

—Perdoname, pero estoy melancólica… No siempre soy así… Tuve una semana jodida…

Quita el capuchón a la jeringa descartable y aspira el remedio anestesiante de un frasquito con tapa de goma.

—Hay una pregunta que siempre tengo necesidad de hacer…

De la punta de la aguja se desprende la primera gota del líquido.

—¿Por qué ustedes no le tienen miedo a las mujeres?

Blandiendo la jeringa, la acerca lentamente al hombro. En algún tiempo, en alguna cama de hotel, ella le dice a un hombre dormido, saboreando cada palabra, mientras clava su aguja:

—Es hora de que empiecen a hacerlo…

Esta edición
se terminó de imprimir en
Compañía Impresora Argentina
Alsina 2049, Buenos Aires
en el mes de octubre de 1994.